Yvonne Vera

Schmetterling in Flammen

Yvonne Vera

Schmetterling in Flammen

Roman

Aus dem Englischen von
Thomas Brückner

MARINO BEI FREDERKING & THALER

Für Terry Ranger

*Bis morgen früh könnte ich berichten
über wunderbare Freundschaft und Vertrauen*

EINS

Eine Atempause. Wie eine Erwartung.

Auf selbst gebauten Gitarren spielen sie einen Refrain; Liebende mit zärtlichen Schultern, mit starken Fäusten und kalten Umarmungen. Vögel zwitschern von steil abfallenden Asbestdächern. Von den Klingeln ausgedienter Raleigh-Fahrräder fliegen Schmetterlinge auf.

In der Luft schwebt das Geräusch einer Sichel. Entlang des Straßenrandes schneiden schwarze Männer Gras, den Rücken unter die Sonne gekrümmt. Sie summen eine Melodie, fluchen, besänftigen sich wieder. Nackte Sohlen, zerrissene weiße Shorts, kurze Ärmel. Heiß brennt das Gras auf ihre Handflächen, wenn sie sich vornüber beugen und zufassen, wenn sie sich über die Sichel bücken, das Gras mit der linken Hand nach vorn gegen die Klinge abkanten. Sie biegen es nach links zur Schulter, weg von den Augen. Wie Honig tropft der Schweiß über ihre ausgestreckten Arme, die das Gras zu sich hin ziehen, reißen und zerspleißen. Häufig befreien sie dabei auch die Wurzeln aus dem Boden; bezwingen einen starrsinnigen Widerstand; legen frei, was sich darunter befindet; berühren etwas, das Lebendiges am Leben hält und sichtbar werden lässt. Gleißende Sonnenstrahlen tropfen an der geschliffenen Sichel und zerfließen im scharfen Kreisschwung. Gewandt ist der Arm, flink ist er über dem Gras.

Das hohe Gras streicht über ihre gekrümmten Körper, die gebeugten Schultern und gießt einen Schwall vertrockneter Samen über die nackten Arme. Leise wiegt sich das Gras, verleiht eine dünne, ungewisse Deckung. Schwankt hin und her, neigt sich im Strom aufgeheizter Luft von ihnen fort. Überall Samen. Rau, flach und leicht wie winzige gedörrte Insekten fallen sie herab. Entschweben in das dicht gewachsene Gras.

Beharrlich, beherrscht ist jede Bewegung der Arme und Augen, des ganzen Körpers. An den Handflächen blutet der Saft von fest gefasstem, frischem Gras. Die Augenbrauen ständig gerunzelt, zusammengezogen in Abwehr dessen, was sie tun. In Abwehr jedes Bedauerns möglicher Untätigkeit, jeder Erinnerung, die es wagt, unverstanden zu bleiben. Ein Schweigen vielleicht oder etwas Nahes, Erahntes, doch nichts, was schon getan wäre. Abwarten.

Ihre geschmeidigen, aber widerstrebenden Arme drehen und verschlingen sich, verschmelzen mit den leuchtenden Quasten des goldenen Grases, dessen Halme noch grün sind wie neugeboren und sich fest an die Erde klammern. So wie die Arme in das Dickicht greifen und wieder zurückgezogen werden, erinnert die Bewegung an das Weben. Und sie ist angelegt wie ein um sich greifender Tanz, erhebt sich wie eine Hoffnung, die aufklingt und ins Leben entlassen wird. Mit festem Hieb befreit, ein letzter Seufzer der Erlösung, dann sinkt das Gras zu Boden. Armvoll um Armvoll um Armvoll. Die Arbeiter schreiten darüber hinweg, dorthin, wo das Gras noch hoch und trotzig steht. Umfassen es gleichgültig, nur darauf achtend, dass ihnen die Quasten nicht in die Augen stechen, schieben es von sich fort. Mühelos entgehen sie letzten Schauern verdorrter Samen, die erdwärts regnen. Sie schneiden und ziehen, schneiden und ziehen. Bücken sich, schneiden und ziehen. Da muss man singen.

Sie schlagen das Gras und schichten es, bis die Sonne verkrustet und aus goldener Ferne kühle Strahlen auf ihre erschöpften Arme wirft, bis der Himmel dunkel und alles still wird. Nur eine Gischt aus Licht schäumt noch zwischen den Halmen und bricht sich am Gras, das über ihrer Stirn hin und her wogt und über ihren müden Augen. Das hoffnungsleere Rascheln der Halme gerinnt zu einer kaum noch vernehmbaren Melodie, die im Sterben der Sonne verklingt; das Gras wird in der Hand der Männer zu gefangenen, widerspenstigen Schatten.

Sie harken es zusammen und rollen es zu großen Ballen, die, zu schweren Hügeln aufgeschichtet, am nächsten Tag fortgeschafft werden sollen. Ihre bloßen Sohlen streifen über die Stoppeln, die jetzt wie Nadeln den Erdboden spicken und sich dort, wo das Gras verdorrt ist, in scharfe Stacheln verwandeln. Bedrohlichere Herausforderungen gewöhnt, suchen sich die Sohlen wohltuende Furchen, Flecken leerer Erde, an denen das Gras entwurzelt und der Boden auf seine kühlere Seite gewendet worden ist, und so setzen die Männer ihre Füße auf sichere Stellen, ihre Fersen auf eine milde Erde. Die Arbeit ist nicht ihre: Sie wurden dazu beordert. Die Zeit gehört nicht ihnen: Sie wurde beschlagnahmt. Die Fron hingegen ist ihre. Sie arbeiten und arbeiten, und in unbewachten Augenblicken des Hungers und der Überraschung missverstehen sie ihr Schicksal als Glück.

Zum Trost bleibt ihnen die Musik. Ihre heilende Harmonie kommt so plötzlich wie ausdauernd über sie. Wie eine schwere Frucht an einem niedrigen, losen Ast schwingt sie hin und her, auf und nieder, berührt mit jeder Liebkosung durch den Wind die Erde: Sie heißt Kwela, sie ist ein sengender musikalischer Augenblick, der durch ihr Innerstes schwingt, laut und sanft, lebendig, lebend. In der Musik erheben sie sich über die Wolken, sinken sie tiefer ins Wasser als Steine. Und wenn endlich der Ast bricht und die Schale zerschellt, ist die Frucht von himmlischem Geschmack.

So ist der Kwela. Er greift nach Möglichkeiten, die bereits besiegelt sind. Entscheidet, welches Ereignis übergangen worden ist, welches freigesetzt und herausgestellt, welches gebrandmarkt und einverleibt worden ist. Die Schönheit von Lidern, die sich schließen. Eine Faust, die sich ballt. Und eine Erinnerung, die in sich zusammenfällt. Kwela heißt, in die wartenden Polizeiwagen zu klettern. Dieses eine Wort steht für viele wundersame Dinge. Es vermag viel mehr zu sagen, als ein einziges Wort bedeuten dürfte: Ablehnung, Ekel, Aufgabe, Neid. Und volle Lust.

Glaub mir, Verliebte nähren die Hoffnung, bis sie eitert. Werden immer wieder verwundet – durch ein Wort, eine Aussicht, eine Möglichkeit. Im Grunde sind sie wie Menschen, die in Stacheldrahtzäunen hängen bleiben. Etwas von ihnen verkalkt, trocknet aus und fällt herab, ohne dass es jemand bemerkt und Alarm schlägt.

Bulawayo ist so eine Stadt wie ein Stacheldrahtzaun und die Makokoba Township ein Teil von ihr. Dort sucht der Kwela die unzähligen Gestade ab, an denen selbst harsche Illusionen gestrandet sind, und erneuert sie. Die Sidojiwe E2, die längste Straße in Makokoba, blutet aus unzähligen Wunden der Verzweiflung. Bulawayo, fünfzig Jahre erst alt, hat nichts zu bieten außer Überraschungen. Es ist schon tröstlich, am Leben zu sein.

Bulawayo ist keine Stadt für den Müßiggang. Eigentlich geht es darum, im Verborgenen zu leben, in den Rissen und Spalten. Unbemerkt und unmerklich. Für jeden Dienst bereit zu stehen und die Fähigkeit zu bewahren, ins Nichts zu verschwinden, wenn die gestellte Aufgabe erledigt ist. Also lernen die schwarzen Menschen, sich schnell und mit gebotener Achtsamkeit durch die Stadt zu bewegen, die Köpfe gesenkt zu halten und an den Wänden entlang zu gleiten, durch die Straßen zu gehen, ohne den eigenen Schatten sichtbarer werden zu lassen als den Körper, der ihn wirft, oder den Körper deutlicher spürbar als den Schatten. Es bedeutet, in einer verhüllenden Wirklichkeit Halt zu suchen – du lehnst dich gegen Wände, stützt dich auf Lügen, schmiegst dich an die Musik. Und kannst immer von einem Lied verschlungen werden.

Die Menschen laufen durch die Stadt, ohne die Bürgersteige zu betreten, die ihnen verboten sind. Es ist schwierig, aber es gelingt ihnen, unauffällig zu ihrem Zielort zu huschen. Verborgen unter Regenschirmen oder Sonnenhüten, die sie zu diesem Zweck erhalten haben oder die sie, verlassen, an Bushaltestellen entdecken.

Sie begreifen, was Schranken sind, und lernen das Verlangen kennen, das dadurch im Körper wuchert. Sie sehnen sich danach zu fliehen, zu fliegen, nicht nach Verzicht. In ihnen wächst das Bedürfnis, sich blitzschnell und geschmeidig über die Schranken hinwegzusetzen, ohne die Aufmerksamkeit auf sich zu lenken. Und das tun sie, oft und erfolgreich.

Immerhin sind sie es, welche die Bürgersteige sauber halten und die ganze Stadt kehren. Kraft der ihnen eigenen Demut und Gehorsamkeit ist es an ihnen, weiße Männer aufzuheben, die auf dem Bürgersteig gefallen sind, während die Tür einer raucherfüllten Taverne aufschwingt und für einen Augenblick Stimmen nach draußen dringen. Sie verhelfen den Weißen zu aufrechter und anständiger Haltung und setzen sie in schwere schwarze Limousinen. Dann spucken sie auf den Bürgersteig und gehen weiter.

Wenn sie in der Makokoba Township ankommen, ist die Sidojiwe E2 vom Kwela überflutet. Die Füße fühlen sich frei und ungebunden. Feindseligkeiten, zu mühselig, sich davon zu befreien. Leidenschaften und Absonderungen, die man in engen Gossen sucht. Die Leute ziehen an ausgebrannten Kippen und tönen sich die Fingernägel mit Nikotin. Und Liebende klagen in freudvoller Erlösung. Wir tun es gemeinsam. Dies und jenes – Kampf, Flucht, Aufgabe. Die Unterschiede immer verschwommen, unaufhörlich weiten sich die Scheidelinien. Der Kwela birgt eine Sinfonie des

Verstehens in sich, doch auch verzweifelte Verwirrungen. Armut siegt über Unschuld. Ein Lied ist lindernde Atempause. In Zeiten wie diesen.

Im Schlaf sterben. Nicht einmal, mehrmals. Vor einem Bild fliehen, das sich in durchscheinenden Schaufenstern spiegelt. Und wieder Schlaf. Anschließend der Vorsatz, sich nicht mehr zu beugen. Dann doch ja sagen.

Der Kwela zieht dich nackt aus. Alles, was an Stolz erinnert, lässt du in der Leere, die in ihm aufklingt, hinter dir. Er ist ein Anspruch, den du seit langem aufgegeben hast. Ein verlorener Geliebter. Er ist der Körper, der einen Stoß erhält. Ein Stein, der geworfen wird. Die Knie auf dem Boden und der Schlagstock, der auf Nacken und Schultern saust. Der Kwela. Klettere weiter. Beweg dich. Dreh dich, verbieg dich, beweg dich. Du darfst nicht innehalten, brauchst keine Anmut. Der Kwela. Schneiden, ziehen, bücken. Da musst du singen.

An einem chaotisch verlaufenen Abend wird jenes Wort aus dem Polizeiwagen gezogen. Von irgendjemandem, der im Schlaf hört, wie sich ein Autoreifen den Weg durch die Sidojiwe E2 gräbt. Freiheit bedeutet das, Leben und Überleben ohne Furcht vor Flucht oder Stillstand. So ist die Stadt und so der Pulsschlag des Verlangens, das jeden hier beherrscht. Etwas, das zurückerobert werden kann, wiederhergestellt werden muss. Auch wenn es jetzt abgenutzt erscheint oder zerrissen. Es muss wieder irgendwohin gebracht werden, wo sich der Hauch eines Zugehörigkeitsgefühls an irgendwem festsetzen kann. Wenn schon nicht Freiheit, dann Rhythmus.

Du legst Geduld ab, erfährst etwas anderes: ein aufgeschlagenes Lid; ein Handschlag; schnippende Finger. Schüchternes Freien unter den hohen Bäumen, welche die Häuser von den roten Dächern der Polizeistation trennen. Die Bäume sind aus fernen Ländern gekommen. Sie gehören zu einer Art, die scheinbar kein Wasser braucht oder, wenn doch, Saugarme aussendet, die sich tief eingraben, egal wie hart der Boden ist. Ohne Rücksicht darauf, dass geschmeidiges Erdreich fehlt oder nährende Regentropfen ausbleiben.

Verloren stehen Verliebte unter den Bäumen; um sie herum ein Haufen großer, silbrigweißer Rindenstücke, die gewellt zwischen dünnen, spitzen Blättern liegen. Die toten Blätter sind dort, wo verzweigte Wurzeln durch die Erde brechen, zu Boden gefallen. Sie klammern sich noch an ihren grünen Farbhauch, sträuben sich gegen die Trennung vom Baum. Eine Schale dehnt sich, trocknet aus. Aufplatzende Schoten werfen rundliche Samen mit einer schwarzen, von grauen Adern durchzogenen Haut zu Boden.

So hoch, so standhaft und unglaublich sind diese Bäume. Sie sehen aus, als wären sie von fremder Hand errichtet, um falsche Geschichten zu tragen. Wie ein verblassender Traum steigt vom Fuß des Baums ein starker Duft auf, vielleicht kommt er aus den Wurzeln. Ein schöner, kostbarer, erinnerter Duft, der wie ein Nebelschleier verweht und verschwindet. Die Bäume mit ihrer unvergesslichen Gegenwart und dem kurzen Wohlgeruch bewahren die Suche nach Liebe. Des Nachts teilen Liebende Mondschein, Worte, ein glückliches Lied, Schicksal und Ferne miteinander, räkeln sich in unbefleckten Träumen. Im Kwela sind alle Harmonien, die du kennst. Und jene, die du zu kennen meinst. In der Nacht.

Kwela bei Tageslicht, das ist stetige Unerschrockenheit. Weder Trennung noch eine andere Art des Bruchs. Ein paar Handgreiflichkeiten. Ein Schlag, ein Hieb und mehr Kwela. Zerrissene Lederschuhe, die über Zement streifen. Teer, der wie frisch aufgetragen in der glühenden Sonne schmilzt. Der Abwasserkanal beherbergt den Gestank und das Geheimnis, die den Abfall eines jeden Menschen umhüllen –

verschwendete Zeit, verschwendete Liebe, verschwendetes dies und verschwendetes das.

Die Zeit flippt umher wie eine Münze, die du zum Losen wirfst, und im Glanz und in der schwingenden Überraschung spielt es an so einem Tag keine Rolle, hörst du einen Dieb über die Hecken der Sidojiwe E2 davonspringen und zu Mittag die Fahrradklingeln in der Innenstadt. Dort klimpern und klingeln Kupfermünzen auf den Bürgersteig, wenn sie in den frühen Morgenstunden aus leeren Tavernen gekehrt werden. Tavernen mit Schildern, die verkünden, »FÜR SCHWARZE VERBOTEN«, »NUR FÜR WEISSE«, Schilder, auf denen »GESCHLOSSEN« und auf der Rückseite »GEÖFFNET« steht und die mit der »GESCHLOSSEN«-Seite nach vorn an reich verzierten Türklinken baumeln, und draußen ...

Da ist Musik.

ZWEI

Die Stimmen Ertrunkener kann man nicht hören.

Ertrunkene sterben mit einem Flüstern. In unendlicher Einsamkeit. Die Luft entweicht in einem flüssigen Hauch. Erst sinken sie in die Tiefe, schweben dann. Berühren mit ihren Gesichtern die Wasseroberfläche. Nicht mit den Armen, sondern mit ihren Lippen. Nichts kann sie wieder zum Leben erwecken. Ihre Haut ist leichter als Luft. Sie können sehen, obwohl ihre Sinne zum Schweigen gebracht worden sind. Sie sind nicht blind. Sie können durch jedes Wasserteilchen sehen. Sie atmen im Wasser, wünschen sich zu fliegen, leichter zu sein als Regentropfen. Ein Ertrunkener treibt zum Ufer. Alles wird schwer, wird begraben, verwest oder vertrocknet, verbrennt zu silberner Holzasche.

Tag und Nacht werden die Männer oben im Baum gelassen. Der Mond schenkt ihnen lebendiges Licht. Wie eine sanfte Schicht aus Rauch steigt es von ihren Körpern auf, ein spiralförmiger Dunst, in dem sich die Haut löst. Der Baum steht verschleiert, langsam erst zeichnen sich seine starken Äste ab, leugnen Heimlichkeit, bevor er den Blick auf die gebrochenen Gestalten freigibt, die von seinen Armen herabhängen. Die Äste neigen sich. Hoch über dem Erdboden die einen, andere ihm näher. Siebzehn Männer hat ein mitleidloser Wind in die Äste geweht.

Nacht. Wie kostbare Tränen steigen Nebel auf und fordern die Männer für sich. Schwimmer sind sie nun, im Dunst tauchen sie wie Treibholz durch den Baum. Schwimmer ohne Arme. Schwerelos treibend, tauchen sie auf immer und ewig. Schwimmer, die in einem Baum ertrinken, der zu einem See aus Licht geworden ist. Ihre Augen sind nicht geschlossen, nicht mehr da. Sind leere Höhlungen, in denen ein Kind einen glatten Kiesel verstecken würde. Handflächen berühren sich, flach gepresst zwischen den Schenkeln.

Tagelang hängen die Toten im Baum. Die Beine zusammengebunden. Die Zehen dem Boden zugeneigt, als ob sich der Körper mit einem Sprung nach unten in Sicherheit bringen wollte. Der Fuß ballt sich zusammen wie eine Faust. Erdwärts gerichtet auch er. Füße wie von Tänzern, die den Boden hinter sich gelassen haben. In der Luft gefangen. Überrascht. Von einem unbestimmbaren Stoff in der Luft, die sie für frei gehalten haben. Die Glieder glatt und stramm, als ob sie zu einem Lied ohne Worte tanzten. Ein Tanz, der verweigert wurde. Eine Blüte im Wind. Ein düsteres Klagelied.

Der Morgen wirft ein scharfes Licht, das jäh menschliche Umrisse aus dem Dämmer schnitzt. Hinter jeder Schulter bricht sich die Sonne. Das Seil ist nicht mehr zu sehen. Die Männer stehen in der Luft, blicken mit gesenkten Köpfen nach unten. Die Toten leben, treiben nicht mehr, stehen aufrecht, bewegungslos, mit einer flackernden Flamme auf dem nach unten gewandten Gesicht, der Stirn und dem gebrochenen Hals. Nackte Schultern, still und stumm, der Körper zu steif zum Erwachen. Auch die Erde ist zu still. Die Toten sind unwiederbringlich tot; die Lebenden stehen verwirrt, in sich das Gefühl, ebenfalls zu sterben.

Am Morgen nehmen sie das heitere Licht in sich auf, in dem unzählige Schoten aufbrechen und eine Flut weißer, flaumiger Samen freigeben, die hin zu den Toten treiben und glühen wie Insekten der Nacht. Sie driften über ihre stummen Schultern hinweg und fallen in den Fluss. Still, wie eine sterbende Seele, bricht die Hülse auf.

Die Toten sind keine Menschen mehr, nur Schatten. Schattenrisse. Sie bleiben dort hängen, bis die Stricke, die sie in den Ästen halten, vom verwesenden Fleisch zerfressen sind und nachgeben. Wie alles, was zermürbt und verwest ist. Oder ist der Hals schon vor dem Seil mürbe, stürzen die Toten kopflos herab und bleiben unbeachtet liegen?

Mit den Toten stürzen die Vögel herab.

In der Gegend gibt es nur selten große Bäume. Dieser hier ist, wie die Toten, eine Überraschung. Abseits des Umguza River, der das ganze Jahr über jeden Morgen ein Schlaflied murmelt, wachsen keine Bäume. Der Umguza ist ein richtiger Fluss, weil er ein Bett hat, durch das sein Wasser strömt. In der Trockenzeit erzeugt das niedrige Wasser einen flirrenden Laut über dem felsigen Grund. Die Erde ist so hungrig, dass der leiseste Regenfall das Gras aus dem Boden sprießen lässt.

Hoch über den Wipfel des einsam stehenden Baumes und weit über den Umguza River hinaus erheben die Frauen in der Morgendämmerung ihre Stimmen, um siebzehn Männer zu beweinen. Und Tausende andere. Ihr Widerstand gegen die Siedler ist zum Schweigen gebracht worden. Sie weinen, aber ihr Weinen ist unhörbar. Nachts, umgeben von prasselnden Feuern, lauschen sie dem Herzschlag ihrer Männer. Es ist ihnen verboten, die Leichname zu berühren. Sie trauern nicht. Es ist besser, dass die Ermordeten nicht den Lebenden überantwortet worden sind: Die Lebenden sind nicht gestorben. Die Frauen bewahren die lebendigste Erinnerung an ihre Männer in ihrem Mund. Mit bloßen Händen empfangen sie den Blitz vom Himmel und geben ihren Kindern neue Namen, den Lebenden wie den Ungeborenen. Sie suchen den Toten neue Namen und sprechen sie im vollen Licht des Tages aus. Dann verändert sich alles; alles wird neu. Die Männer sind in ihren Mündern bestattet.

Die Frauen hatten unten gestanden und zugesehen, hatten nach oben in den Baum geschaut, dessen Äste sich hoch über den Boden erhoben. Leer waren die Männer, hatten nichts in den Händen, nichts in den Armen, nichts auf dem Körper außer den Würgemalen der Ketten, in denen sie hierher gebracht worden waren. In einer Reihe hatten sie im Schatten des Baumes gewartet, die Beine trotz der Ketten stark und fest, die Augen klar und friedlich. Sorgsam, als bedürften sie einer letzten Wohltat, hatte man sie in den Schatten geführt. Über ihnen schaukelten leere Seile, Schlingen aus schwerem und festem Strick. Siebzehn an der Zahl, die herunterhingen. Und unten standen siebzehn nackte Männer. Warteten. Im Kreis.

Das Leben wird aus der Kopfhaut gesogen. Wie eine Wurzel wird das Leben aus dem Körper gezogen. Fällt ein Mann vom Baum und atmet noch, wird der Knoten langsam gelockert. Erneut wird er dann hochgezogen und mit einem Ruck in die Zweige gehievt. Ein Mensch kann mehr als einmal gehängt werden. Beim ersten Mal sieht er sich selbst beim Sterben zu. Ein Mensch stirbt mehrere Male. Am Ende schmettert sich etwas in die Schädelplatte, der Glaube verlischt, ein Flammenstreif, schmächtiger noch als das Leben. Nur eine perfekt geknüpfte Schlinge kann einen Menschen erhängen. Der Tod kommt dann plötzlich und schnell. Vor dem Tod herrscht Schweigen. Der Körper wird durch eine gewaltsame Berührung ausgelöscht. Ein Seil. Diese hier sind Gefangene in einem Baum.

Der Tod ist so innig wie die Liebe. Fumbatha denkt an seinen Vater, einen der siebzehn Toten. Ein Schatten, den er immer wieder zu erforschen sucht. April 1896. Fumbatha wurde in dem Jahr geboren, als man seinen Vater henkte. So also kam ein Kind auf die Welt, Fumbatha, die Finger fest um eine unsichtbare Wahrheit geschlossen. Hier ist es, wo Geburt und Tod sich am wenigsten voneinander scheiden – wo Tod und Geburt einander berühren, wie die Umrisse eines Flügels und die unsichtbare Luft, in der er sich bewegt. Ein Kind wird geboren, unter einzigartigen Umständen, mögen sie auch verschwiegen werden. Fumbatha. Seine kleine Hand öffnet sich im Schoß der Mutter. Sie gebiert Worte, die wie Pfeile sind. Seine Handflächen schmerzen, als wären sie mit Wunden bedeckt, in die so lange Salz gerieben worden ist, bis er sie schließen wollte. Er schließt sie. Gefangen zwischen seinen Fingern die Worte, die seine Mutter ihm geschenkt hat. Ein einziger Samen schenkt siebzehn weiteren das Leben. Und tausend anderen noch.

Am Tag, als er vierzehn Jahre alt wird, weckt die Mutter ihn früh am Morgen und überschreitet mit ihm den Umguza River. Über Felsen und durch Dornbüsche schlängelt sich der Fluss. In nicht allzu großer Entfernung können sie den Rauch sehen, der aus der Stadt heraus das Land überfällt, und, an diesem frühen Morgen, den Lärm und das eilige Treiben der Züge hören. Auf dem Weg sagt sie kein einziges Wort. Endlich bleibt sie mit ihm unter einem großen Baum stehen, den er noch nie zuvor gesehen hat, und sagt: »Fumbatha ...« Ihre Stimme ist ein bloßes Flüstern. Fumbatha weiß nicht, ob er ihr antworten soll oder ob sie mit jemand anders redet, mit einer Erinnerung in ihren Händen. »Fumbatha ...« Mit ihrer Stimme erforscht sie die Luft, geht um den Baum. Er ist sich nicht sicher, ob er ihr folgen oder stehen bleiben soll, bis sie das Geheimnis ergründet hat, das in den Wurzeln des Baums begraben liegt. Sie ist schon einmal hier gewesen. Ohne ihn. Als sie wieder nach ihm ruft, klingt ihre Stimme ungehalten, und er weiß, sie hat erwartet, dass er in ihrer Nähe bleibt, den Schauder auf ihren Armen mit ihr teilt, sieht, wie ihre Augen brennen. Seine Geburt als Zeugnis des Todes, als Versprechen an das Leben. Sie erwartet von ihm, dass er seine Verbindung zur Vergangenheit kennen lernt.

Sein Vater starb in dem Baum. Fumbatha sieht sich um. Keine Anzeichen des Todes. Seine Mutter flüstert wieder seinen Namen in den stillen Wind. Sein Vater hieß nicht

Fumbatha. Er möchte den Namen seines Vaters wissen, kann aber nicht nach dem Namen eines Toten fragen, traut sich nicht zu stören ... Nur der Tote kann seinen Namen empfangen und frei sein. Sein Vater ist verschwunden. Eine Flüssigkeit, die im Boden versickerte.

Im Schlaf ertrinkt Fumbatha im Tod von siebzehn Männern. Jede Nacht lauscht er einer Wolke, die sich vom Himmel herabsenkt und an den Toten zerrt, bis ihre Seelen sich von ihnen abspalten. Vögel ernähren sich von ihnen und befreien sie aus ewigem Schweigen. Die Toten leihen sich die Stimmen der Vögel und sprechen in fließenden Tönen. Am Himmel türmen sich Wolken zu schwerem Regen. Der Umguza füllt seine Fluten bis an den Rand seiner Ufer. Kinder ertrinken, weil sie keine Hochwasser führenden Flüsse kennen und ins Wasser springen, als wäre es ein glitzernder Steinteppich. Und wenn das Wasser sich teilt, verzaubert es ihre ängstlichen Füße. Sie springen hinein, treiben wie Holz rasend schnell den Fluss hinunter. Um den Stamm des Baumes, an dem die Männer gestorben sind, gurgeln die Fluten. Wir können nichts tun, die Toten zu retten. Wenn sie auferstehen sollten – wessen Leben würde sie wieder zu einem Ganzen fügen?

Fumbatha erwacht in der Nacht vom Geräusch eines Autos, das die Sidojiwe E2 entlangrast. Ein Gefangener. Sein Vater ein Fremder.

1946 wartet, wie alle Zeit, die vor ihm liegt.

DREI

Die Sidojiwe E2: Kinder sitzen auf leeren, verrosteten Fässern und reden über die Autos, die die Jukwa Road entlangfahren. Eine Asphaltstraße, die sich bis zum Horizont erstreckt. Sie sehen Regenbögen.

Sie blinzeln gegen die pralle Sonne, die sich im Metall spiegelt, um die Nummernschilder zu entziffern; bestaunen immer wieder ehrfürchtig die weißen Männer mit prüfendem Blick und fahrigem Zwinkern, die ihnen widerstrebend zuwinken.

Die Kinder winken zurück, zögernd, wenden sich dann hastig wieder den Kronkorken zu, die sie zwischen winzigen Daumen und Zeigefingern polieren, bis die Aufschrift weggewischt ist und unter ihren Fingernägeln reines Silber hervorscheint. Oder sie kratzen die Aufschrift mit kleinen, gefährlich spitzen Glasscherben ab.

Sie pusten die roten und blauen Farbflocken von ihren Händen. Manchen Farbrest, der dickköpfig kleben bleibt, wischen sie achtlos an ihrer zerlumpten Kleidung ab.

Die Kinder blasen einen raschen und warmen Atem über die leeren Flaschen. Die Flaschen pfeifen. Kommt ein kräftiger Wind auf, rennen sie mitten auf die Sidojiwe E2, legen die Flaschen auf ihre Handflächen und halten sie in den Wind, springen dann zur Seite und drücken sich gegen die Stacheldrahtzäune. In kurzen und überraschenden Zwischenspielen reißt sich Musik aus den Flaschenhälsen. Aus ihren vereinten Bemühungen erwächst eine annehmbare Melodie. Oft aber führt das Experiment zu nichts. Und doch wiederholen sie es gewissenhaft.

Da gibt es Gitarren, die aus leeren, verbeulten Olivine-Cooking-Oil-Kanistern gebaut sind. Und Flöten. Aus Papayastengeln. Den weißen Saft, der dem Spieler über die Lippen rinnt, wenn er die Flöte nach oben hält, muss man in Kauf nehmen. Er trocknet nach und nach ein. Sein Geschmack brennt auf den Lippen.

Im nächsten Augenblick greifen die Kinder sich das Gerippe eines alten, zerbrochenen Regenschirms und halten ihn in die Sonne, als hätten sie darunter eine ganz besondere, einzigartige Zuflucht gefunden. Sie kuscheln sich unter dem Schirm zusammen und tun so, als ob ein Gewitter niedergehe und ihre zerfetzten Sachen nass geworden seien. Pitschnass beugen sie sich vornüber, wischen das Wasser ab, das ihnen die Stirn hinunterläuft, und kreuzen die tropfenden Arme vor der Brust, um sich unter dem strömenden Regen so gut wie möglich zu wärmen. Einer hält den Regenschirm hoch. Die Kinder blicken in den leeren Himmel: Es regnet fast nie.

Autos, welche die fragenden Blicke ihrer Fahrer herantragen, brechen immer wieder die Stille und verscheuchen den prasselnden Regen. Die Fahrer bedrohen die Kinder, indem sie von der Straße abweichen und schlingernd, schimpfend, schleudernd auf die verlassenen Fässer zufahren. Räder schröpfen Luft, der jegliche Hoffnung abhanden gekommen ist. Hinter einer aufsteigenden Staubwolke verborgen, schreit jemand. Der Asphalt ist nur ein schmaler Streifen, seine Ränder bilden eine Hülle aus Staub.

Lachend suchen die Kinder Zuflucht in den großen, umgeworfenen Metallfässern, bergen sich in der Wärme und Dunkelheit. Hier bewahren sie ihre Schätze auf. Schätze, um die sie niemand beneidet und die niemand als sein Eigentum einfordert. Ein Echo, Gelächter, da die Kinder ihre Arme aus eingebildeten Autofenstern baumeln lassen, torkeln und Stielaugen machen, pfeifen und winken. Die Augen glasig von einem Schnaps, der so wirklich ist wie der strömende Regen. Auch sie wappnen sich gegen ein mögliches Unglück.

Verborgen in der Enge der Fässer, halten sie sich an den pulsierenden Händen. Schultern berühren sich. Zehen kratzen über den gefalteten Rand des Metalls. Nackte Füße werden gegen Demütigungen versiegelt, sorgsam unter dem Körper bewahrt, Knie übereinander geschlagen, Ellbogen gebeugt. Sie brennen vom pudrigen Rost, der sich wie abgestorbene Haut in dünnen Flecken vom Metall schält. Wieder und wieder berühren sich die Kinder, Rücken an Rücken, Hand gegen Ellbogen. Ihre Lippen sind trocken, ihre Stimmen brüchig wie abgestorbene Äste.

Die Mädchen warten in abgerissenen Röcken, die ihnen um die dünnen Schenkel schlottern. Ihre Brüste sind flach wie Kronkorken. In der Heimlichkeit des Verstecks teilen die Kinder das Flüstern miteinander, und während draußen die Räder anhalten und weiterrollen, warten sie drinnen, erfüllt von einer unbewussten Angst. Ein Geräusch wie zerbrochenes Glas wird vernehmbar, wie bei Kronkorken, die in einer leeren Metalldose scheppern. In ihrer Angst malen sie sich aus, welches Unglück sie befallen könnte. Da das Unbekannte für sie keine Form hat, steht es über der Wirklichkeit, die sie schon erfahren haben.

Durchdrehende Räder. Dünne, zusammenhanglose Stimmen nähern sich ihnen wie aus feuchtem Holz aufsteigender Rauch. Vielleicht wird jemand bei ihnen eindringen und etwas von ihnen wollen, auf das sie sich einlassen müssen. Die Kinder sehen Regenbögen, und weil sie das in ihrem Sein bestärkt, halten sie den Atem an und die Stimme hinter ihrer hohlen Hand zurück und hinter Fingernägeln, unter denen Rost schimmert. Wie Raupen in ihrem dunklen Schlupfwinkel zusammengerollt, betasten sie jede vorbeikommende Erscheinung mit ängstlicher Neugier – und auf ihre eigene unbestimmte Weise stellen sie die ganze Idee, unschuldig zu dieser Welt zu gehören, in Frage. Sie sind nicht frei.

In dem Schlupfwinkel aus verrostetem Metall, in den verlassenen Fässern, die Regen wie Sonne erlebt haben, lagern Schätze, die Abwechslung verschaffen. Eine zerbrochene Schallplatte, deren Seiten zerkratzt sind. Die schwarze Oberfläche ist mit Staub bedeckt, das Papieretikett zerrissen. Die feinen, dünnen Rillen haben es den Kindern angetan. Sie nehmen einen Grashalm und ziehen behutsam und beharrlich, eines nach dem anderen, jeden der beiden spiralenen Kreise nach, die zur Mitte hin auslaufen. Dort wartet eine große Öffnung, in die sie zwei Finger stecken und die Schallplatte kreisen lassen können. Folgsam dreht sie sich, bis die Inschrift auf dem Etikett verschwimmt und die Buchstaben nicht mehr zu erkennen sind. Und sich am Finger eine Kerbe bildet. Die Schallplatte, die sie in der Gosse treibend oder irgendwo sonst gefunden haben, ist eine notwendige Ablenkung.

Eine leere Streichholzschachtel. Ein Lederschuh, der noch einen Schnürsenkel hat. Eine kleine Hand schlüpft in den Schuh. Innen ist es feuchtwarm, die Dunkelheit lässt sich unter den Fingern fühlen wie Baumwolle. Eine Inschrift verrät: London. Ein prächtiger Löffel aus Metall mit einer Taube darauf. Auf dem zerbrochenen Henkel eines Keramiktopfs steht: Selborne Hotel.

Die Kinder besitzen nichts außer der Spannung, die allem beigemessen wird, was sie miteinander teilen. Und die wunderbare Liebe ihrer gegenseitigen Vertrautheit. Sie brauchen einander nur anzuschauen, und schon wissen sie, dass sie auch geboren worden sind, weil das Leben Freude für sie bereithält. Und schon werfen sie ihre Schätze in die dunklen Winkel ihres Verstecks und stürmen in den sonnenhellen Tag mit seinen Regenbögen, die sich ihnen um die Knie schlingen, mit seiner Pracht, die zu wild, zu vollkommen ist, als dass Große sie verstehen könnten, voller Träume, die Erwachsene nur verblüffen würden.

Natürlich schleicht sich manchmal Furcht in ihre Wunderwelt, doch nur selten. Die Kinder vergessen jeden unangenehmen Zwischenfall so schnell, wie er sich ereignet, raunen einander einen wirren Bericht zu von den unerfreulichen, befremdlichen Störungen. Kurz darauf schon stürmen sie wieder auf die Sidojiwe E2 und rufen einander etwas zu, als ob jede ihrer Stimmen ein einzigartiges Erwachen verkündet, bis sie dann schließlich wie welkes Laub auf die andere Seite der Abwassergräben mit ihrem stechenden Geruch und dem modrigen Wasser fallen. Die Kinder flechten ihr eigenes zielloses Geschwätz über Orte, die nur in ihrer Einbildung existieren.

Solange wir Kind sind, stellt dieses Sichtreibenlassen das eigentliche Wesen des Lebens dar. Und das Fliegen. Beides ist eine Art des Sich-in-Luft-Auflösens. Der Körper wird schwerelos. Er besteht als Flüssigkeit ohne jede Form, mit Ausnahme eben dieses Gefäßes, das er zu seiner Daseinsform erwählt hat – deswegen ist er wie Luft und wird unfassbar. Durchscheinend gleitet er dahin, nimmt alle Farben und jeden Laut in sich auf. Vollkommen und im inneren Gleichgewicht wie ein einzelner Wassertropfen.

Entlang der Sidojiwe E2 verläuft ein langer Graben, der das Abwasser aus der Fabrik auf der anderen Seite der Jukwa Road ableitet. Er stinkt höllisch, ist schwarz vor Ablagerungen, ein zähflüssiges Gemisch aus Fabrikwasser und Öl, und doch von überwältigender Anziehungskraft auf die kindliche Vorstellung und ihren Sinnen durchaus erträglich. Der Graben verläuft auf der Makokoba gegenüberliegenden Seite, bis sich das Abwasser in den Umguza River ergießt. Die Kinder laufen nicht so weit; sie trauen sich nicht über die unsichtbare Grenze hinaus, wo die

Häuser plötzlich aufhören und den Felsen weichen, den Weiten mit blühenden Dornbüschen und schließlich, in noch größerer Entfernung, einem Land, so leer und unfruchtbar, dass der Boden zwischen ein paar vereinzelten, verkümmerten Sträuchern, die sich kaum am Leben halten können, hingleitet und versinkt. Die Häuser stehen viel dichter zusammen als die Büsche, sind aber ebenso öde.

Die Kinder bleiben lieber in der Nähe des Grabens, in der Nähe ihrer eigenen Neugier, die sie Schritt um Schritt an den Rand jedweder launischen Wirklichkeit führt. Schließlich ist ihre Wohnung nicht allzu weit entfernt von dieser Wirklichkeit, und immer stoßen sie hier auf dies und jenes zu riechen und auf Verwahrlosung jeglicher Art. Da gibt es ganz andere Schmerzen.

Fahrradreifen, Zinkbleche, eine Autotür. Im Graben bricht der Ölfilm das Sonnenlicht, eine brackige Brutstätte – wie eine feindselige Wolke summt ein Schwarm Insekten unablässig darüber hin. Ein Baum wächst da und hängt seine Äste tief über das Wasser, das ihn unbewegt als dicken, entstellten, blattlosen Schatten spiegelt. Das öldurchsetzte Wasser leuchtet bunt, glänzt wie fabrikneuer Stoff.

In der Ferne ein großer Tank. So groß, dass alle Kinder von der Sidojiwe E2 zusammen in ihm ertrinken könnten. Der Tank ist mit Öl gefüllt. Vielleicht auch mit Regenbögen. Öl und Regenbögen. Das Wasser im Graben wie das Öl kommen schließlich aus demselben Tank.

Die älteren Kinder wagen sich bis an den Stacheldrahtzaun vor, der die Fabrik einschließt. Sie fassen ihn an, halten sich mit den Händen an seinem diamantenen Geflecht fest und starren auf die Männer, die unter dem großen, auf Pfählen ruhenden Tank arbeiten. Die Männer befinden sich genau unter dem Tank.

Dann sind sie plötzlich fort. In einer unermesslichen Flammenwolke verschwunden.

Die ganze Sidojiwe E2 sieht, wie die Flammen den Himmel erleuchten, als der Öltank explodiert und die Männer, die darunter arbeiten, von dem Feuer verschlungen werden. Die Kinder sehen durch den Zaun zu. Sie haben das Feuer als Erste gesehen und denken, dass ein Fest für sie veranstaltet wird. Sie laufen nicht fort, geben keinen Laut von sich, nur ihre Finger schließen sich fester um das wie Diamanten schimmernde Drahtgeflecht. Sie klammern sich noch daran, als die Detonationswelle sie erreicht und droht, sie in Asche zu verwandeln. Sie spüren, wie die heiße Luft sie wie ein mächtiger Strom erfasst. Die Flammen erhellen den Himmel wie einen Traum. Schwarzer, wütender Rauch bläht sich auf, türmt sich am Himmel zu einem Berg und schiebt sich dunkel vor die Sonne. So werden die Kinder innerhalb eines Augenblicks von etwas Lebenswichtigem abgeschnitten, von einer Erinnerung, die ihnen bislang als sichere Erkenntnis erschienen war, von einer harmlosen Tätigkeit, einem kindlich gehegten Verlangen nach der Entfaltung der Zeit. Sie klammern sich fester an den Zaun. Wenn sie losließen, würden sie in einen ihnen unbekannten Abgrund stürzen. Sie drücken die erhitzte Stirn gegen den Draht, erlauben ihm, dass er ihnen die Gesichter versengt, während sie bewegungslos dastehen und ihnen ein ätzender Geruch in die Nase steigt, der sich wie ein lebendiges Wesen überall hin ausdehnt, selbst in den Himmel, mit einem Willen, der ganz anders als ihr eigener spielerisch und leuchtend ist, mit einer ihnen gänzlich unbekannten Energie. Sie können den Rauch mit den Händen greifen, weil die Flammen ihnen wie herabfallende Sonnenstrahlen warm um die Finger spielen, und mitten in dem aufgetürmten Berg überschütten die Flammen den Himmel wie eine Flüssigkeit. Eine riesige Blume erblüht am Himmel, mit roten Blütenblättern, die aufgehen und sich über den Gipfel des Berges ergießen, um beständig an ihm herabzulaufen, sich dann aber plötzlich im furchteinflößenden, dichten Rauch auflösen. Ein nicht versiegendes Feuer. Die Kinder haben die Männer, die unter dem Tank arbeiteten, schnell vergessen. Sie haben beobachtet, wie das laute Donnern sie verschluckte, die Explosion, die jeden Gedanken auslöschte. Das Bild, das sich ihnen jetzt bietet, ist viel eindrucksvoller, stachelt viel mehr ihre Neugier an als die winzigen Gestalten, denen sie aus der Ferne zugesehen haben. Niemand weiß zu sagen, welches Urteil diesen Tod befahl, dieses übernatürliche Verschwinden der Lebenden. Einen ganzen Tag lang prasseln die Flammen, bis die Kinder, erfüllt von alltäglichen Bedürfnissen wie Hunger und Durst, den Blick wenden und in die Sidojiwe E2 zurückkehren, bis sie endlich ihre Augen schließen und schlafen.

Später sehen sie die Männer sich wie Regenbögen aus den Gräben erheben.

VIER

Fumbatha schläft inmitten von Schutt und Geröll. Einen leeren, khakifarbenen Zementsack als Kopfkissen, liegt er auf dem Rücken, auf einem kleinen grauen Laken. Wie ein breiter Fluss strömt der Schlaf durch sein Inneres. Er fühlt sich nicht bloß müde, sondern regelrecht wie erschlagen. Der Geruch nach Zement macht ihn schwer und fesselt ihn an den Boden. Die Schaufel liegt neben ihm, die Axt, die Ziegelsteine; Staub steigt auf, der Himmel über ihm ist öde. Und wie ein Dieb schleicht sich die Nacht heran. Mit schimmerndem, gebrochenem Licht, das wie Funken in einem See am Horizont verglüht. Ein Schatten senkt sich herab, und es ergießt sich ein jäher Sternenregen. Vergessen ist die sengende Hitze des Nachmittags; wie eine Umarmung ist Kälte zu spüren im samtenen Vorhang der Nacht. Wenn die Nacht zu kalt wird, kann er unter dem Lastwagen Zuflucht suchen, im Schutz der großen Räder. Vielleicht eine Plastikplane heranziehen und sich damit zudecken. Oder über die halbfertige Wand klettern und sich in einer Ecke des entstehenden Zimmers zusammenrollen. Und eine Melodie pfeifen, bis sie auf seinen Lippen erstirbt. Dann wird er in ein Lied gehüllt schlafen.

Er schläft am Ufer des Umguza Rivers, der durch die Erde bricht, zwischen den Felsen fließt und sich dann wie eine Peitsche durch die Landschaft schwingt. Ein richtiger Fluss in dieser verdorrten Erde, wo man sieht, wie die Sonne aufgeht, bevor sie sich wirklich erhebt, bevor sie ihre Strahlen ausschickt, ein scharf umrissener Kreis, lichtlos, von dem man glauben möchte, man könne ihn berühren. Hier gibt es nichts außer dem Fluss, dem schmerzenden Licht und der

Erde, einer glatten Fläche, die sich einem saumlosen Horizont entgegensenkt. Dadurch wird der Fluss zum Fixpunkt, auf den man schaut, über den man staunt und an dessen Ufer man lebt. Unweit des Flusses wachsen nur Sträucher mit langen, dicken Dornen, die wie Stachelschweinborsten hervorstechen, sich an den letzten Tropfen gespeicherten Wassers klammern und nach jedem noch nicht aufgesaugten Tropfen dürsten. Weiter draußen blüht der Kaktus zwischen den geborstenen, von gelbem Moos überzogenen Felsen, und in den Felsspalten krabbeln dünne Insekten umher, die wie Späne aussehen, wie abgebrochene Enden vertrockneten Grases, das Ameisen heimgesucht haben. In der Stadt auf der anderen Flussseite hingegen herrscht emsiges Treiben. Die Stadt hat sich den Fluss einverleibt.

Fumbatha sieht zu, wie im Fluss die Sonne aufgeht, betrachtet sein Spiegelbild. Er sieht, wie der blendende Schein stärker wird und sich über die Wasseroberfläche breitet, und blickt hoch. So ist der Tagesanbruch. Die Sonne liegt im Fluss, schiebt sich seitwärts, bis sie das Ufer erreicht, herausklettert und in den Himmel gleitet, wohin sie gehört. Ihre Strahlen glitzern und schimmern auf dem Wasser.

Oft gräbt der Fluss uralte Geschichten aus dem Boden. Eine alte Tonscherbe. Eine Halskette aus Glas. Armreife mit Malen, die von Geburt und Heirat und Tod erzählen. Eine verborgene Botschaft. Eine Einladung, verführerisch und geheim. Fumbatha fischt einen Armreif aus dem Fluss und legt ihn um sein rechtes Handgelenk. Er fühlt sich kalt an auf der Haut; es tropft noch Wasser von ihm herunter. Fumbatha wäscht den Armreif sauber, bis er glänzt. Ein Armreif, eine Fessel. Zerbrochene Erinnerung und begrabene Berührung. Er umschließt ihn mit Daumen und Zeigefinger der linken Hand, berührt vergangene Zeit wie etwas Wirkliches, Lebendiges, das mehrmals zur Welt kommen kann, bevor es endgültig zugrunde geht. Ein heilsam wirkender Überrest, ein Wunsch. Man kann Zeit weitergeben wie ein Geschenk, von einer Hand zur nächsten. Er will Phephelaphi den Armreif schenken, wenn er in die Sidojiwe E2 zurückkehrt, als ein Stück der Zeit. Alles kann vergehen, nur nicht die Zeit. Sie hinterlässt ihre Spuren in allem, das sie verzehrt.

Nur Weniges übersteht den Vormarsch der Züge, der Gebäude, die jeden Pfad versperren, der Hände Arbeit. In jedem Traum, den Fumbatha träumt, tost ein trauriger Wind wie ein Wirbelsturm und ein begrabenes Lied erhebt sich aus dem Boden. Das Dorf, in dem seine Mutter ihn großzog, gibt es nicht mehr. Fumbatha weiß zu wenig über die Welt seines Vaters. Nur, dass andere auf Seiten der Weißen kämpften. Und auch damals gab es Selbstbetrug und falsch verstandenen Mut: Identität war schon zu einem wunderlichen Bestandteil des Lebens verkommen. Die eine Seite gewann. Es liegt in der Natur des Sieges, den Triumph am Schweigen oder am Tod der Unterlegenen zu messen.

Überleben ist hart, eine Unterkunft kostet Geld. Fast zwanzig Jahre hat Fumbatha nichts anderes getan als zu bauen, und so ist Bulawayo für ihn eine Stadt geworden, die er ganz genau kennt, die er Stein für Stein in der Hand gehalten, die er als Anspannung und Anstrengung im Rücken gespürt hat. Er hat die Stadt in den Händen gehalten, mit unerlöster Hingabe, ohne ein klares Gefühl der Wut oder Liebe. Er hat beobachtet, wie die Gebäude eine eigene Ausstrahlung gewannen, hat gesehen, wie die Wände dunkler wurden, weil der Fabrikrauch die Farbe vergilben ließ, wie sich der Rauch der Züge über das vordere Gebäude des Hauptbahnhofs legte. Er hat gebaut. Wenn er einst gestorben ist, wird die Spur seiner Hände überall gegenwärtig sein. Er weiß nicht, ob er Teil eines größeren Übels ist. Er begreift nichts außer dem zurückbleibenden Schmerz, der nicht begriffen werden muss, sondern gefühlt sein will.

Manchmal erscheint die Gegenwart derart verändert, dass die Vergangenheit nur durch ein zerbrechliches Wort mit der Gegenwart verbunden ist. Wer etwas Neues errichten will, muss bereit sein, die Vergangenheit zu zerstören.

Ein uralter Armreif. Eine neue Geliebte. 1946 war er Phephelaphi am Umguza River begegnet, im Licht mittäglicher Sonnenstrahlen, die scharf wie Messerklingen auf die Wasseroberfläche einstachen und das Wasser zum Kräuseln brachten, so dass es launisch über das ausgewaschene Flussbett glitt. Seit damals weiß er, dass die Sonne, wenn er sie in Flussnähe erblickt, aus dem Wasser in den Himmel gesprungen ist. Sie ist eine Flussgeborene.

In der größten Hitze des Jahres hatte er fast den ganzen Vormittag am Fluss gesessen. Jetzt war es beinahe Mittag, er hatte nackte Füße, und wenn er die Zehen abwärts krümmte, konnte er sie ins Wasser tauchen und die warmen, flüchtig an ihm vorbeiziehenden Wellen spüren. Der Felsen, auf dem er hockte, stand zur Hälfte im Wasser. Sie tauchte ihm zu Füßen auf, atemlos nach Luft schnappend, und entstieg dem Fluss wie ein Geisterwesen. Wasser rann ihr über das Gesicht. Funkelnde Bäche. Sie trug ein dünnes Kleid, das wie eine Haut an ihr klebte. Dort wo der Felsen sich ans Wasser schmiegte, stützte sie die Hände auf und stieg heraus.

Nichts kümmerte sie, nicht das nasse Haar, nicht das Wasser, das ihr den Rücken herabtropfte, während sie miteinander sprachen. Für Fumbatha wurde es der schönste Vormittag seines Lebens. Wie Edelsteine funkelten ihre Augen, und ihre Arme waren von der gleichen Farbe wie der Stein, auf dem sie ausruhte. Ihre Bewegungen schienen sorgsam beherrscht, und ihre Stimme stieg Tropfen um Tropfen zu ihm auf, glatt wie das Wasser vor ihnen. Sie war das Sonnenlicht. Nein, ihre Schönheit war noch größer und kam nicht allein in ihrer Erscheinung zum Ausdruck, sondern vor allem in der Kraft, die durch ihre Worte schimmerte, in ihren Bewegungen aufschien. Es war, als erhebe sie mit jeder Bewegung einen Anspruch, mit jedem Wort, das sie sprach, und doch war nichts ihr eine Last, sie war einfach so. War das, was aus ihr geworden war. Phephelaphi ahnte nicht, wie sie ihn durch ihre Gegenwart verändert hatte. Sie waren Fremde.

Sie waren einander schon einmal begegnet. Sie war, unter der Wasseroberfläche verborgen, vom gegenüberliegenden Ufer zu ihm hingeschwommen. Die ganze Strecke über konnte sie ihn aus dem Wasser sehen. Wie die Sonne stieg sie aus dem Wasser, und er blickte sie völlig überrascht an. Die Worte purzelten aus ihr heraus, während sie nach Luft rang und gleichzeitig redete. Sie war Wasser und Luft zugleich.

Sie war zum Schwimmen an den Umguza River gekommen.

»Stimmt es etwa nicht, dass das der einzige Fluss hier ist?«, fragte sie mit einer wilden Aufgewecktheit, um die er sie beneidete, weil er wusste, dass sie der Jugend vorbehalten war. Sie betonte, wie wichtig es sei, schwimmen zu können, auch wenn es hier nur einen Fluss gab, wenig Regen und damit auch kaum Gelegenheit zu ertrinken.

»Es ist der einzige Fluss«, pflichtete Fumbatha bei. »Der Fluss wächst zwischen Dornen. Der Fluss gehört nicht zu dem trockenen Land. Gierig ist er und verschenkt nichts von seinem Wasser.«

Sie erhob sich. Seine Welt veränderte sich.

»Wenn du in die Richtung gehst«, er zeigte flussaufwärts, »dann begegnest du demselben Fluss wieder. Immer wieder. Viele Male. Du triffst selbst dann auf ihn, wenn du in vier verschiedene Richtungen geradeaus gehst.«

»Dann ist das kein dürres Land hier. Und es gibt mehr Flüsse, als ich mir vorgestellt habe.« Sie lachte.

Bevor er antworten konnte, tauchte sie wieder ins Wasser. Sie blieb nur kurze Zeit fort. Doch seit ihrem Erscheinen war die Zeit stehen geblieben. Hatte er über ihr Gespräch nachgedacht? Sie war eine Antilope. Nein. Sie war ein Wesen aus dem Wasser, obwohl sie ihn an eine Antilope erinnerte. Der Fluss war doch nicht so gierig, wie er behauptet hatte. Er hatte ihm diese Frau geschenkt, hatte sie wie einen Traum auf den Felsen geworfen. Er wartete. Fürchtete sich davor, dass er erwachte und sie nicht mehr da sein würde.

»Wo wohnst du?«, fragte er, unsicher, ob er ein Recht hatte, das zu fragen. Ihre Kühnheit, allein hierher zu kommen, hatte ihn zu seiner Frage und Ungezwungenheit ermutigt. Er fragte, als wollte er sie beschützen. Er wollte sie beschützen; es war doch unmöglich, dass sie einander begegneten, nur um wieder auseinander zu gehen.

»Früher habe ich in Makokoba in der Jukwa Road gewohnt. Dann starb meine Mutter Gertrude. Ich wohne jetzt bei Zandile, die lange Jahre mit meiner Mutter befreundet war. Wir wohnen zusammen in der L Road, nicht allzu weit von der Jukwa entfernt. Ich bin erst seit ein paar Monaten dort, seit ich meine Mutter verloren habe.«

Fumbatha senkte den Blick. Mit der Antwort hatte sie keine Sekunde gezögert. Im Gegenteil, sie setzte sich neben ihn auf den Felsen und streckte sich aus. Der Stein war warm. Sie legte einen Arm über die Stirn und schirmte die Augen ab. Aus dem Augenwinkel warf er einen flüchtigen Blick auf sie. Wasser hatte sich in ihren Augenbrauen verfangen. Als er sie nach ihrem Namen fragte, richtete sie sich halb vom Felsen auf und sah ihn ungläubig an.

»Du weißt schon, wo ich wohne und dass meine Mutter Gertrude tot ist. Eigentlich musst du dich nach meinem Namen erkundigen, bevor du fragst, wo ich wohne. Aber ich will ihn dir sagen, weil ein Name kein Geheimnis ist. Ich heiße Phephelaphi ...«

Irgendetwas war zwischen ihnen geschehen. Sie sah ihn aufmerksam an, um herauszufinden, ob es etwas bedeutete, dass sie ihm ihren Namen gesagt hatte, ob ihre Antwort ihre Begegnung veränderte. Die kristallenen Wasser des Umguza strömten weiter unter ihren Füßen dahin und glitten auf die nächste Biegung zu. Er horchte ihrem Namen hinterher. Er hatte ihn nie zuvor gehört. Er betrachtete sie aufmerksam, als suchte er in ihr nach etwas Vertrautem, an das er sich halten, mit dem er ihre Begegnung wahr machen konnte.

»Phephelaphi?«, fragte er. Er verschloss den Namen in seiner Hand, und ihm war, als halte er damit einen Teil ihres Wesens fest. Er wollte sie niemals wieder loslassen, obwohl sie einander noch nicht kannten. Er könnte gar nicht mehr von ihr lassen, auch wenn sie jetzt aufstehen und wieder im Wasser verschwinden würde. Er würde sich an sie erinnern. Er würde sie festhalten. Noch nie hatte Fumbatha etwas besitzen wollen. Außer dem Land. Er begehrte sie so sehr wie das Land unter seinen Füßen, von dem die Geburt ihn getrennt hatte. Wenn er nicht geboren worden wäre, würde ihm das Land vielleicht immer noch gehören. Der Tod seines Vaters hatte nicht von Geburt gekündet.

Fumbatha war nie einer Frau begegnet, die ihm half zu vergessen. Die ihn jeden seiner Schritte auf der Erde, nach der er sich so sehnte, zu vergessen half. Vor ihm lag eine Frau, die ihn bewusst werden ließ, dass seine Füße nicht auf festem Boden standen, sondern in raschem und flüchtigem Wasser, und dass dies eine Freude war, dass dies nichts Schlimmes war. Ihm hatte es genügt, so zu arbeiten, wie er arbeitete. So zu leben, wie er lebte. Wenn er mit einer der vielen Frauen in Makokoba zusammen war, wusste Fumbatha, wie sich die Schmerzen lindern ließen, unter denen sie beide zu leiden glaubten. Damit endete seine Anhänglichkeit aber auch schon. Am Morgen erwachte er immer mit demselben verwirrten, stieren Blick. Sie teilten sich gegenseitig ihre Namen mit, und jeder sprach noch eine Wahrheit aus, ein notwendiger, wenngleich abschließender Wortwechsel. Wenn sie die Tür hinter sich zuzog und fortging, hielt die Frau diese Wahrheit ganz fest und war so in der Lage, ruhig die Straße hinunterzugehen, obwohl ihr eine innere Stimme sagte, dass diese Wahrheit nur eine Last war und am besten schnell vergessen werden sollte. Fumbatha kannte Frauen aus Makokoba, die im Verfolgen ihrer Angelegenheiten kraftvoll zu Werke gingen, so selten aber einer Wahrheit begegneten, dass sie diese sofort und sogar bei Wildfremden ausmachten, erkannten und abforderten. Er vergaß jene Frauen schneller noch, als er ihren Namen vergaß, ausgenommen vielleicht die eine Wahrheit, die sie ihm zugeflüstert hatten.

Zuflucht finden. Hier war eine Frau, die Fumbatha dazu brachte, endlich seine geballten Fäuste zu öffnen und in den Himmel zu schauen. Er war nicht länger mehr auf der Hut. Vor ihm lagen das Leben, das Wasser und eine Art Zuflucht. Er konnte mit ihrer schimmernden Erscheinung nicht streiten. Sie schenkte ihm Glauben. Ohne dass sie ein Wort gesagt hatte, spürte er, dass sie ihm ein Versprechen gegeben hatte. Fumbatha brannte darauf, endlich einen Anfang zu wagen. Seit er ihr begegnet war, hatte er eine verzweifelte Furcht in sich entdeckt, groß und unaussprechlich, die er nicht beiseite schieben konnte. Er war es, der Zuflucht brauchte.

»Meine Mutter nannte mich Phephelaphi, weil sie nicht wusste, wo sie Zuflucht suchen sollte, nachdem ich auf die Welt gekommen war. Sie schlief überall. Sie hatte nichts zu essen, doch ihr Kind sollte unter einem festen Dach schlafen. Sie machte eine schwere Zeit durch. Als ich zur Welt kam, fingen ihre Schwierigkeiten an. Nach meiner Geburt hatte sie mir zunächst einen anderen Namen gegeben. Sie nannte mich Sakhile. Dann merkte sie, dass Makokoba keine Zeit hatte für eine Frau, die ihr Kind allein großzog, und deshalb gab sie mir einen neuen Namen. Da war ich sechs. Sie rief mich immer noch Sakhile, sagte aber oft, dass der Name Phephelaphi auf uns beide passe. Sie hat schwer kämpfen müssen.«

Als Fumbatha verwirrt dreinschaute, bot Phephelaphi ihm einen Ausweg an: »Du kannst mir ruhig einen anderen Namen geben. Es macht mir nichts aus, wenn ein Fremder mir einen Namen gibt. Es macht mir auch nichts aus, einen neuen Namen zu bekommen, wenn die Gegenwart dadurch klarer wird.« Sie lachte.

Fumbatha konnte nicht sagen, ob sie glücklich war oder traurig. Er war den chamäleongleichen Umgang gewöhnt, den Frauen mit Namen pflegten. Eine Frau konnte einen Namen nennen, um ihre Verachtung auszudrücken. Nicht unbedingt dem betroffenen Mann gegenüber, sondern um mit einem nagenden Schmerz aus der Vergangenheit fertig zu werden, und wenn sie in die Zukunft zu sehen wagte, dann stand der Name für ihre Angst, betrogen zu werden, enthüllte ihren rastlosen Kampf mit der Zeit. Eine Frau konnte einen Namen aber auch ganz unbeschwert tragen wie ein Kleid, und wenn jemand sie ansah, prüfte sie, wie gut ihr der Name stand, ob er all ihre Wunden verbarg, meist aber, ob er ihre schwungvollen Bewegungen betonte. Manchmal vergaß eine Frau die eigene Unehrlichkeit, schimpfte und forderte den Mann auf, sie nie mehr bei diesem Namen zu nennen, den sie nicht kenne, bei diesem schrecklichen Namen, den sie beide gleichzeitig ausgesprochen gehört hatten. Sie beharrte darauf, dass die Preisgabe ihres richtigen Namens das einzig Wahre war, das sie schenken konnte; sie diente ihren richtigen Namen an wie die harmloseste Versuchung, die nur vorstellbar ist. Wenn dies geschah, konnte der Mann sicher sein, dass er zu ihrem wirklichen Selbst durchgedrungen war und dass sie sich wünschte, etwas Ehrliches zu erleben und nicht bloss eine Tarnung, die ihr die Lenden abkochte. Fumbatha sah Phephelaphi prüfend an, versuchte, alles zu vergessen, was er über die Frauen wusste, denen er in Makokoba begegnet war.

Sie waren einander schon längst nicht mehr fremd.

Zwischen ihnen lag eine Straße durch offenes Land. Irgendetwas hatte sie in dieser kurzen Zeit miteinander verbunden – das Mädchen und den älteren Mann. Er zögerte, weil sie so viel jünger war als er. Er fühlte sich schon jetzt ausgebrannt durch den Verlust, den er vorhersah, durch die Erinnerung an sie, der er bereits einen Schrein baute. Was konnte sie über einen Mann wissen, der das Wasser mochte, das von ihren Armen tropfte? Was konnte sie an ihm schon lieben? Was konnte sie ihm geben, ohne sich selbst zu verlieren? Ohne im Strom unterzugehen. Welche Worte würde er sagen, um sie zu halten und zur Ruhe kommen zu lassen? Ein älterer Mann, der seinen Knöchel in den Fluss hielt. Wer war er schon? Würde sie lange genug bleiben, ihn ein zweites Mal ihren Namen aussprechen zu hören?

Er sah zu, wie sie sich in das Wasser warf. Sie blieb so lange unter Wasser, dass er glaubte, sie sei ertrunken. Sie kehrte an die Oberfläche zurück und meinte, es sei wichtig, so lange wie möglich den Atem anzuhalten. Das sei sogar wichtiger, als zu überleben.

»Ich fühle mich wie eine Diebin«, sagte sie. »Alles, was ich besitze, habe ich gestohlen. Die Zeit, die ich bei meiner Mutter verbracht habe, habe ich gestohlen. Sie war kein Geschenk. Ich habe alles gestohlen, damals die Zeit, dann etwas anderes. Ich habe die Ruhe gestohlen, die uns gegeben war.«

Sie zog sich von ihm zurück, zurück ins Wasser.

Es fiel ihnen, nachdem sie sich später noch ein paar Mal getroffen hatten, nicht mehr schwer, den Entschluss zu fassen, zusammen in der Sidojiwe E2 zu wohnen. Phephelaphi hatte die Schule hinter sich. Sie hatte keine Verwandten. Gertrude, ihre Mutter, war tot. Als sie von der Entscheidung hörte, sah Zandile erleichtert, wie Phephelaphi ihren Koffer packte, ihn sich auf den Kopf lud und die Einzimmerunterkunft verließ, in der sie kurze Zeit gemeinsam gewohnt hatten. Die Erleichterung war ihr so deutlich anzumerken, dass Phephelaphi sich weigerte, sich von Zandile zu Fumbathas Haus begleiten zu lassen. Sie verschmähte auch das Kleid, das Zandile ihr unbedingt schenken wollte.

Zandile erzählte ihr, dass das Kleid das erste Kleidungsstück gewesen sei, das sie sich gekauft hatte, als sie vor all den Jahren in der Stadt angekommen war, und dass sie es aufgehoben hatte, weil es ihre einzige Verbindung zu jener vergangenen Zeit darstellte. Und zu Gertrude, die dabei gewesen war, als sie, die Augen weit aufgerissen, staunte, wie das Pfeifen der Lokomotiven in ihren Ohren schrillte, und wie sie sich gemeinsam scheu unter den Straßenlaternen entlangtreiben ließen, bis das Licht schwächer wurde und schließlich verlosch. Eine Zeit wie keine andere. Gertrude war es, die ihr gezeigt hatte, wo und wie sie unterkommen konnte, die sich von einer verschlossenen Tür nicht entmutigen ließ und einen tröstenden Singsang anstimmen konnte.

Phephelaphi besah sich das Kleid, das über dem rechten Knie eine große Plisseefalte aufwies, und ließ es wieder in Zandiles Hände fallen, wohin es gehörte. Nichts konnte Gertrude zurückbringen. Da sie das Kleid ihrer Mutter verbrannt hatte, stand ihr der Sinn auch nicht nach den wertlosen Erinnerungsstücken anderer Frauen.

Boyidi hievte den schweren Koffer auf Phephelaphis Kopf. Und sie ging. Boyidi und Zandile sahen ihr hinterher, wie sie langsam, den Koffer auf dem Kopf, die L Road hinunterging und jeder ihrer Schritte von einem sich verändernden

Frausein kündete, bis sie in die Jukwa Road einbog, aus der sie einst gekommen war. Phephelaphi sah das Haus, in dem sie früher gewohnt hatte, entschloss sich aber, die Erinnerung, die noch dort hauste, fortzuschicken. In der Sidojiwe E2 wartete Fumbatha auf sie. Das Jahr 1946 näherte sich mit Riesenschritten einem schwülen Ende. Sie mochte die sommerliche Stimmung gegen Jahresende, die diesmal den blauesten Himmel schuf, von dem sie jemals geträumt hatte. Eine Zeit quälender Winde, die sanft, aber noch ziemlich kalt wehten und sie nun veranlassten, die Finger fest um den glattgewetzten Griff des Koffers zu schließen, damit sie warm blieben. Fumbatha erwartete sie. Deshalb schritt sie schneller aus.

Er war es, der die Fragen gestellt hatte. Sie erlaubte sie lediglich. Ihr war es Erleichterung, mit ihm zusammen zu sein. In seiner Bewunderung fühlte sie sich sicher. Sie liebte ihn und klammerte sich an ihn, damit sie niemals in Abgründe rutschte, aus denen sie sich nicht wieder emporziehen könnte.

Irgendetwas brodelte in ihr. Stumm. Aber wenn er im Zimmer war, schob sie alle Gedanken beiseite. Er erfüllte sie mit einer Hoffnung, die größer war als die Erinnerung. Sie freute sich auf nichts Kommendes, lebte nur darauf hin, mit ihm zusammen zu sein und dass jeder Tag sich öffnete wie eine geschlossene Blüte. Betrat er das Zimmer, warteten ihre Arme auf ihn. Sie vergaß alles und vertraute seiner Großzügigkeit und seiner Bewegung auf sie zu, jedem seiner Gedanken und seiner Aufmerksamkeit.

»Ich stehle immer. Und es macht mir nichts aus, auch dich zu bestehlen«, neckte sie ihn. Er liebte sie auch dafür, dass sie nicht von Liebe redete. Sie liebte ihn, weil er behauptete, alles drehe sich um die Liebe.

Wenn sie zusammen waren, schien immer die Sonne. Und er sehnte sich selbst dann unermesslich nach ihr, wenn sie zusammen waren. Ihr lebhaftes Lachen. Ihre Furchtlosigkeit. Wie sie alles in Frage stellte.

»Warum erlauben sie schwarzen Männern nicht, die Lokomotiven zu fahren? Sie wissen doch alles über die Eisenbahn.«

Sie zankte mit ihm sogar dann, wenn er überhaupt nichts gesagt hatte. Sie zankte mit sich selbst. Sie haderte mit der Zeit. Sie rang mit der Erinnerung an ihre Mutter. Wie konnte sie ihre leibliche Mutter sein, wenn sie beide nicht einmal ihre richtigen Namen voneinander wussten? Später erzählte sie ihm davon.

Von dem kleinen Raum, den ihre Mutter gemietet und in dem sie sie verwahrt hatte, vom Klopfen an der hölzernen Tür mitten in der Nacht, von der Selbstsicherheit, mit der ihre Mutter aus dem Bett aufgestanden und zur Tür gegangen war, von der undurchdringlichen Finsternis draußen. Sie sah, wie ihre Mutter in der Tür stand, den Arm an die gegenüberliegende Seite der Türöffnung gestützt. Ein dunkler Schutzschild vor der Finsternis dahinter. Lange stand sie so da und flüsterte mit jemandem draußen. Sie konnte nicht sehen, um wen es sich handelte, deshalb beobachtete sie ihre Mutter, einen hoch aufgerichteten Schatten, der mit dem Kopf gegen den Türrahmen stieß. Dann sah sie, wie der Arm langsam niedersank. Sie erwartete, dass ihre Mutter sich umdrehte und die Tür schloss.

Stattdessen folgte der ganze Körper dem Arm. Ihre Mutter schlug seitlich gegen die Tür. Das Geräusch, das die Tür von sich gab, das Bersten des dünnen Holzes unter dem Aufschlag, dem das Ächzen der sich lösenden Angeln folgte, drang in sie, bevor sie vom Fußboden aufsprang, von dem aus sie zu dem Arm aufgesehen hatte, der jetzt herabfiel wie ein gebrochenes Glied. Als sie bei ihrer Mutter war, konnte sie zunächst kein sichtbares Zeichen einer Verletzung sehen. Sie war nicht einmal sicher, ob sie tot war.

Dann erst entdeckte sie das tiefe Loch in ihrer Brust. Es schien ihr endlos lange zu dauern, bis Blut daraus sickerte.

Ein Fremder hatte ihre Mutter erschossen. Noch viele Tage danach sah sie den Arm vom Türrahmen herabsinken, für sie das Wahrzeichen des Todes. Dann brachte ihr ein weißer Polizist das Kleid zurück, in dem ihre Mutter gestorben war. Noch nie hatte ein weißer Mann so nah neben ihr gestanden. Sie sah ihn sich genau an. In seinem Gesicht war nichts zu lesen. Als er gegangen war, nahm sie eine Kerze und steckte das Kleid in Brand. Die Polizisten waren so ordentlich, dass sie sogar daran gedacht hatten, ihr das Kleid zuzuschicken. Es war in eine Tüte gepackt, auf der mit roter Tinte geschrieben stand: Emelda.

Phephelaphi unterschrieb unten auf einem Stück Papier, das der Polizist ihr hinhielt. Ein paar Daten hatte er bereits eingetragen. Todestag. Todesursache. Sie sollte den Namen ihrer Mutter einsetzen. Sie schrieb Emelda hin, wie es auf der Tüte stand. In ihrer Wut auf den Polizisten, weil er den richtigen Namen ihrer Mutter nicht kannte, sagte sie ihm nicht die Wahrheit. An der gepunkteten Linie, auf der sie ihren eigenen Namen eintragen sollte, hielt sie zögernd inne. Der Polizist hatte sich nicht der Mühe unterzogen, sie nach ihrem Namen zu fragen. Nicht, als er den Leichnam ihrer Mutter abgeholt hatte, und nicht einmal jetzt, als er ihr das Kleid einer Frau brachte, die Emelda hieß. Es war dasselbe grüne Kleid, das ihre Mutter getragen hatte. Sie fragte sich, warum sie ihr einen neuen Namen gegeben hatten.

Sie blickte zu dem steifen braunen Käppi des Polizisten hoch, die Papiere in den Händen. Sie konnte nichts Bedrohliches an ihm finden. Er sah aus, als hätte er den ganzen Tag Zeit und könnte warten, bis sie sich entschieden hatte. Mit ihrer saubersten Handschrift schrieb sie – Gertrude. Das war der Name ihrer Mutter. Für diesen Bericht hatte sie den Namen ihrer Mutter angenommen und sich selbst aus der Sache herausgenommen. Es war ihre Mutter, die ihren Namen unter einen Bericht setzte, der eine Frau namens Emelda betraf. Phephelaphi fühlte sich sicher und gab die Papiere zurück. Wenn sie Geld gehabt hätte und die entsprechenden Mittel, dann wäre der Tod ihrer Mutter ihre Angelegenheit gewesen. So befasste sich jemand anders damit. Sie besaß nichts. Und trotzdem hoffte sie, dass jemand kommen und sie zur Beerdigung ihrer Mutter einladen würde. Sie wartete zu Hause. Nach einer Woche wurde ihr klar, dass dies nicht geschehen würde. Sieben Tage sind eine sehr lange Zeit. Eine lange Zeit ist kürzer als sieben Tage. Schon ein Augenblick ist eine Ewigkeit. Der schlimmste Diebstahl nimmt dir alles, der beste verringert deine Last.

Fumbatha konnte sich nicht mehr vorstellen, in einem Zimmer zu sein, ohne dass Phephelaphi sich ebenfalls darin aufhielt. Er wünschte sie immer um sich. Das war nicht schwer, weil sie nur ein Zimmer hatten, keiner von beiden irgendwo anders hingehen konnte, wenn sie zusammen zu Hause waren. In der Zeit vor dem Abend, vor dem Morgen, den ganzen Tag waren sie zusammen. Er beschützte sie, und wenn er ihr hinterhersah, wie sie allein die Sidojiwe E2 hinunterging, fühlte er sich bedroht und musste die Augen schließen, bis sie wieder ins Zimmer trat und seinen Namen rief.

Mehrmals musste er sie wegen seiner Arbeit auf den Baustellen allein lassen. Oft war er dann zu müde, um nach Hause zurückzukehren. Oder die Transportkosten hätten alles verschlungen, was er gerade erst verdient hatte. Deshalb musste er fortbleiben, wollte er etwas für sie beide verdienen. Er blieb aber seltener weg als früher. Wenn er sie allein ließ, spürte er eine entsetzliche Leere und ihn schauderte.

Er öffnete die Tür mit der bangen Frage, ob sie vielleicht fort war.

Fumbatha wusste noch nicht, dass er eines Tages die Tür öffnen und sie wirklich fort sein würde, dass er sich wünschen würde, er könnte die Tür wieder schließen, sich wünschen würde, dass er sie nie allein gelassen hätte. Sie würde fliegen wie ein Vogel, getragen von der herrlichen Anmut ihrer Schwingen. Überschäumend in einem einsamen Rausch, den sie aus allen Winkeln ihrer Seele zusammengefügt hatte. Würde etwas flüstern, das er nicht hören könnte, eine Botschaft, die ihm erst lange danach wieder in den Sinn kommen würde, wenn auch seine Gefühle endlich frei wären, wenn er aus seinem Lied in ihre wundersame Melodie eingegangen wäre.

Das aber sollte sich erst später zutragen, in der Mitte des Jahres 1948, als ihrer beider Leben schon eine Ewigkeit abgeworfen hatten, als Zandile eines Morgens ganz ohne Verachtung oder Vertrauen zu Phephelaphi gesagt hatte: »Ich will nicht mehr länger geliebt werden, sondern selbst lieben. Ich will etwas finden, das früher mal mir gehört hat.« Das war eine schwierige Suche. Sie schloss das Schicksal und die Erinnerung eines jeden in Makokoba ein, vor allem aber Gertrude und Phephelaphi. Und die Stadt mit ihren einladenden Verlockungen. Einschließlich Deliwe, die Frau, die so furchtbar war in all ihren Freuden, der keine Überzeugung fremd war, die beim Überleben half, deren Berührung so vollkommen war, dass alle, egal ob männlichen oder weiblichen Geschlechts, in Ehrfurcht die Augenbrauen hoben. Im Grunde war es eine Einzimmerliebe, die sie alle einbezog, und an der ganzen Situation und ihren zwiespältigen Folgen war nichts, wobei auch nur ein Einziger so tun konnte, als wäre es neu für ihn oder als ginge es ohne Schmerzen ab.

FÜNF

Musik. Sie sorgt für eine feilschende und zeitlich begrenzte Selbstliebe. Jeder ist frei; wer jung ist, ist fröhlich.

Zandile senkt die Lider, als sei ihr etwas eingefallen, das sie bereits am Morgen erledigt haben wollte, in der Frühe, bevor die Vögel zu singen begannen, bevor ihre Wäsche zum Trocknen über die Hecken gebreitet war, bevor sie die Lider senken musste. Zandile hat gewartet, bis der Tau geschmolzen ist und die Vögel zu singen aufgehört haben. Das war ein Fehler. Die Mittagszeit liegt zu sehr in der Mitte von allem. Keine günstige Zeit für Vorschläge, Schlussfolgerungen und Schicksalsschläge. Mittag ist einfach nur Mittag. Das Sonnenlicht ergießt sich und taut die Schatten, deshalb gibt es für jeden Absturz zu viele Zeugen. Verletzt, verwirrt durch diese Tageszeit, die sie unvorbereitet erwischt hat, schließt Zandile die Augen, wobei sie hofft, dass man, wenn sie sie wieder öffnet, nicht nur ihr Glauben schenkt, sondern dass auch die Zeit weit über die Mittagsstunde hinaus gewandert sein wird.

Zandiles einziges Ziel ist es, die Sterblichkeit zu bekämpfen. Sie möchte, dass die Menschen sich ihrer erinnern, und sei es auch nur ihres Auftretens, ihrer Stimme und ihrer Ungebundenheit. Also stimmt Zandile ihre Empfindungen auf die Notwendigkeiten ab und verspricht unmittelbaren Trost. Leidenschaft wird gekauft. Sie bietet Auswege ohne Zahl, so lange der Mensch gewillt ist, sich zu erheben, und doch ewig nur abstürzt.

Von ihrer Fähigkeit zu einer schwankenden, käuflich die Knie breitenden Liebe benommen, faltet Zandile ihren Kragen, stopft ihn in das Kleid, erlaubt der Sonne, sich auf ihren

Schultern auszuruhen, und läßt zu, dass schüchterne Pfiffe sich wie eine Schlinge um ihren Hals legen. Dann tut sie etwas Naheliegendes, Gewöhnliches: Sie kürzt ihren Rocksaum noch ein Stück, streift hochhackige Schuhe über und bewahrt darin ihre zarten Sohlen vor möglichem Schaden. Sicher in ihrem tief ausgeschnittenen Mieder verborgen befinden sich Taschentücher mit eingesticktem Monogramm, die sie weißen Männern aus den Taschen gefischt hat. Eins davon zieht sie affektiert hervor, um die Erinnerung an eine bittere Begegnung herauszuschütteln, und hält eine vorübergehende Liebe an.

Zandile bietet sich an. Unbekümmert. Die Münzen, die sie zusammengebracht hat, stapelt sie im Taschentuch zu einem sauberen Häufchen, dann faltet sie das Tuch und schlingt einen festen Knoten, bevor sie es sorgfältig unter den Brüsten verstaut. An heißen Nachmittagen, wenn weder ein Windhauch noch das kleinste Anzeichen von Vergebung in der Luft liegen, steht sie da, selbstsicher und im hellen Licht des Tages, die eine Hand in die Hüfte gestützt, die andere langsam auf und ab bewegend, tief darin versunken, die unbarmherzige Hitze mit einer Liebe wegzufächeln, in die ein Monogramm gestickt ist. Sündhaft lässt sie die Münzen zu Boden klingeln.

Zandile lehnt lässig in ihrer Tür, die sich in der Mitte teilt, streckt ihre Arme einem Halbmond entgegen und ruft nach vorübergehenden Lieben. Wie alle Frauen in Makokoba will sie wissen, wo sie ihr Vertrauen gepflanzt hat und warum es so lange braucht, bis es Wurzeln schlägt. Alles eilt vorbei, ohne ihr Aufmerksamkeit zu schenken. Ohne sie bemerken zu wollen. Sie aber möchte, dass jemand die lebensnotwendige Frage nach ihrem Wohlergehen hört, wenn er sie schon nicht gänzlich beantwortet. Zandile lehnt sich weiter vor und flüstert den Vorübergehenden etwas zu. Gelegenheit hat sich zu viel Zeit gelassen und ist in einer zu fernen Zukunft begraben. Sie besitzt keine genaue Vorstellung dessen, was sie erlangen könnte, und hält es daher für besser, in der Leere zu suchen. Als Erstes lässt sie alle Heimlichkeit fallen.

Sie nimmt ihre Suche stürmisch auf, ruft den erstgeborenen Söhnen der L Road etwas entgegen. Ndlalifa heißen sie, Vusumuzi und Bekithemba. Überrascht schauen ihre Mütter zu ihr hin. Die Frage, wo diese Frauen das Vertrauen eingepflanzt haben und an welchem Maß Geduld sie einst gerichtet werden sollen, verwundert Zandile mehr als nur einmal. Sie spricht lauter, enthüllt Geheimnisse, die ihre Nachkommen vor ihnen verbergen.

Für bloße Zeugen, die nur zuhören, doch nicht in die Angelegenheit verwickelt werden wollen, sind Offenbarungen eine Last. Weil Zandile darauf besteht, den von ihr empfundenen Verlust mitzuteilen, verliert sie ihr Publikum und bleibt allein zurück, zweifelt an der Wirkung ihrer Ausstrahlung. Sie sucht nach einem Spiegel, sieht hinein, neigt ihren Kopf nach unten und zur Seite, wirft einen prüfenden Blick auf die Haut, die sie zu einem verführerischen Braun aufgepudert hat, dreht die Schultern zur Seite. Prüft und sucht. Schaut. Bittet eine Freundin, einen zweiten, größeren Spiegel hinter sie zu halten, und prüft durch den Spiegel vor sich, ob da etwas ist, das sie vergessen, das sie nicht geglättet hat, eine Beule, ein beklagenswerter Fleck. Aber ihr Haar sitzt in königlichem Schwarz am Hinterkopf und liegt glatt und fest an, weil sie es mit einem erhitzten Metallkamm streng nach hinten gezogen hat. Alles ist, wo es sein soll. Kein Riss in der Bluse, der breite Hüftgürtel sitzt stramm, betont ihre Taille. Unter der Kleidung tut ein Korsett, was es kann, um den Hintern in Form zu halten.

Niemand hört zu. Es gibt nur eins, Zandile muss nach einer anderen Möglichkeit, Ruhe zu finden, Ausschau halten. Ein Händeschütteln stillt ihr Verlangen nach Berührung, und bald findet sie Mittel, Ausgeglichenheit zu zeigen. Wie alle Einsiedler sucht sie bei Farben Zuflucht und trägt blaue Reife und Lippen von einem Purpur wie die reife Frucht der Passionsblume. Die Zeit verlangt nach einem Schaulaufen.

Aufforderungen müssen gefunden werden, grob und direkt die einen, mit Feingefühl zu behandeln die anderen. Zandile steht da, der Hals anmutig wie polierter Stein, Ohrringe, die ihr auf die Schultern herabhängen, die Finger mit Nagellack verschönt, die Lippen von Begierde überzogen. Zandile, die keine Unterschiede zwischen weißen und schwarzen Männern macht, wenn es um den Austausch von Lust geht, kann aber den Unterschied zwischen Sonnenaufgang und Sonnenuntergang bestimmen: In der Abenddämmerung kann sie ihre Beine um den Körper eines weißen Mannes schlingen und den Pfeifen vorübereilender Polizisten oder den Krankenwagen lauschen, die mit Martinshörnern die Luft zerfetzen, kann fluchen, wenn sie sieht, wie Fackelschein über die Decke des Hotelzimmers gleitet, und dann durch die dünnen Vorhänge dieser Zimmer die Schatten vorbeigehender Polizisten verfolgen; in der Morgendämmerung erwacht sie in den Armen schwarzer Männer, in den Armen derer, die sie wirklich liebt.

Bedauern ruht unter dem schwankenden Moskitonetz, das von der reich verzierten Decke hängt, über den wogenden Lenden, dem erhobenen Arm, den lauten, sich mischenden Seufzern der Enthemmung, der Stille danach. Der Betrug ist gegenseitig, Ekel und Neugier sind offensichtliche, unbedeutende Kleinigkeiten. Sobald Zandile diese Vorführung hinter sich gebracht hat, greift sie sich das Kleingeld vom Kaminsims, spuckt ins Feuer, und schwarzer Speichel zischt auf den glühenden Kohlen. Danach stiehlt sie eine Zigarre aus einer goldenen, getriebenen Dose, klappt achtlos den Verschluss wieder herunter und stellt den kostbaren Besitz auf den Nachttisch zurück. Sorgsam liest sie ihre Unterwäsche von den Tasten des Klaviers, das per Schiff aus Sheffield hergebracht wurde. Sie stopft die seidige Nylonwäsche in eine orangefarbene Handtasche und schlüpft leise aus dem Zimmer, die Flure hinab. Sobald wie möglich wirft sie die gestohlene Zigarre fort. Ihre Verachtung ist vollkommen.

Schläft sie hingegen mit ihren Männern, dann bleibt Zandile bis zum Morgen, damit sie einander ohne die Hülle aus Dunkelheit in die Augen sehen, einen Anflug von Scham spüren und einen einsamen, erwachsenen Schmerz miteinander teilen können. Sie zieht den einen Arm, der auf ihrem Oberkörper ruht, näher an ihre Brüste, erinnert und erfreut sich der Last und wiegt den Mann wieder in den Schlaf, in ein Wachsein, zurück in den behüteten Schlaf. Ein mutiges, einsames Zusammensein. Der Tod ist weit, wenn auch nicht gebannt, doch geht es nicht um so etwas Gewöhnliches wie Gebären. Es geht darum, gebrochene Finger mit rissigen Nägeln zwischen ihren sauberen Händen zu halten und sie sanft an die Lippen zu führen. Wie ein Laken breitet sie die Wärme ihres Atems über ihre Finger, während der Mann schläft. Dann dreht sie den Körper, sucht nach Narben, stellt aber keine Fragen zu der Linie, welche die Peitsche auf den Rücken gegraben hat, unter der Achsel hindurch, über die Brust und zu einem vollständigen, rotglühenden Kreis.

Stattdessen senkt Zandile den Kopf in seine Achselhöhle und saugt so viel wie möglich von den Geschichten ihrer Männer ein, murmelt besänftigende Worte. Kostenlos und unverbindlich. Nur die Ruhe ihrer eigenen Seele setzt sie aufs Spiel. Die Augen dicht am Band versengter Haut, sucht sie die Geschichte und lässt wieder von ihr ab, wundert sich aber über das fehlende Fleisch, fragt sich, wo es hingefallen ist und wie. Weiter unten, hinter den Schenkeln vergraben, entdeckt sie tiefe Bissspuren. Polizeihunde und Ketten. Die Knöchel sind mit Blasen übersät, die Handgelenke von der Schmach eines fortgesetzten Kampfes gesäumt. Liegt jemand neben ihr, der am ganzen Körper frische Schnittwunden und Schwellungen hat, dann muss sie etwas tun, eine Schüssel mit warmem Salzwasser muss her, ein sauberes Tuch, um die Wunde zu säubern. Das Verlangen richtet sich darauf, langsam die Wunden zu untersuchen.

Man schreibt das Jahr 1945, die Vergangenheit flackert wie ein verlorener Traum. Kein Bedarf an all den verzweifelten Berührungen und Abschieden, nicht jetzt. Dieser und jener vorübergehenden Liebe müde, hat sich Zandile schon längst für Boyidi entschieden und ihn unter ihr Dach geholt. Koste es, was es wolle. Seit langem hat sie das nächtliche Schaulaufen aufgegeben, die Ehre, in den frühen Morgenstunden zu erwachen, um das Gesicht neben ihrem zu prüfen und zu erforschen, welche tiefe Pein sie wie Haut von einer reifen Frucht abschälen und wegwerfen kann, nachdem sie sorgfältig das Kerngehäuse betrachtet hat, Schicht um Schicht der saftigen Frucht, ihr weißes Mark, ihren Geschmack, bei dem einem das Wasser im Munde zusammenläuft. Es wirkt kühlend auf Zandiles Erinnerung, wenn sie die männliche Berührung eines Fremden empfängt. Einmal. Zweimal. Sie will aber etwas anderes, einen Mann, den sie den ihren nennen kann. Der ihr kein Fremder mehr ist. Einen Mann mit einem Namen, den sie sich auf der Zunge zergehen lassen, den sie im Mund behalten kann. Auf diese Weise hält Boyidi ihre Seele zusammen, irgendwie, und sie sorgt dafür, dass ihrer beider Wildheit nicht überbordet. Denn in der großen Stadt ist Treue etwas, wonach man ungestüm suchen muss, etwas, das nicht freigebig verschenkt wird.

Zandile lacht laut auf, als sie an ihre Freundin Gertrude denkt, die starrköpfige, unverbesserliche Gertrude, die zu jeder Verabredung mit einem in Frage kommenden Mann einen Säugling mitbrachte, auf den Rücken gebunden. Was für eine Mutterliebe war das? Welche wilde Liebe in der großen Stadt konnte ihren und Getrudes Wahnsinn in Glück verwandeln?

Für Zandile sind diese Geschichten jetzt in weite Ferne gerückt. Werden verheimlicht. Am besten vergessen.

Bewegung.

Phephelaphi sieht, wie ein Mann umfällt, mitten auf der Sidojiwe E2, während eines Wortgefechts. Der Mann stirbt. Bevor es ihr bewusst wird, ist sie mit den Nachbarn nach draußen gerannt, um, neugierig wie die anderen, einen Blick auf das Geschehen zu werfen. In der Sidojiwe E2 wird jeder Unsinn des Langen und Breiten erörtert, bestritten und schließlich dem rechtmäßigen Besitzer überantwortet. Zu guter Letzt kommt die Frau des Toten mit einer Schubkarre und schafft ihn nach Hause, nicht ohne an die versammelte Menge die Frage zu richten, ob sie noch nie einen Toten gesehen habe. Die Leute achten ihren Verlust und bewahren Schweigen. Die Tragödie, das ist ihnen klar, gehört einzig und allein ihr, die Sinnlosigkeit der Situation aber nicht. Als sie außer Sicht- und Hörweite ist, kommt der Gedanke auf, wie viel ein Mann wert sein kann, der durch die Kraft eines Wortes umkommt, das ein anderer im Munde trägt. Soweit sie wissen, ist er der Erste, der an einer solchen Krankheit starb.

Die Sidojiwe E2: Phephelaphi beobachtet die Jungen, die nach Schulschluss lautstark am Stacheldrahtzaun entlanglaufen und eine ertränkte Katze mit sich herumschleppen. Sie wie ein Pendel hin und her schwenken und jungen Mädchen auf die Schultern werfen. Die Mädchen schreien vor Angst, die lauter ist als ihre Neugier. In der Sidojiwe E2 lässt sich Angst an Berührung und Entfernung messen. Die Frage der Unmittelbarkeit begleitet jeden Moment im Leben.

Makokoba ist ein Ort, wo zu jedem Kind eine Geschichte gehört, die bis ins kleinste Detail in Erstaunen versetzt.

Phephelaphi weiß das. Sie sieht, wie die Kinder lachen, wie verwahrlost sie sind, und erkennt darin wieder, wie jedes überlebt und auch sie selbst. Unter zerrissener Kleidung sitzt eifrige Gewandtheit. Mit der Zeit und durch unablässiges Tragen sind aus den Kleidern Lumpen geworden – unter dem Stoff scheinen Beine, Arme, Gesichter und Stimmen hervor. Sie sieht die Katze, deren nasses Fell seidig glänzt, im lärmenden Taumel hin und her schwingen: Sie ist schwarz und schwankt zwischen zerschundenen Körpern und zerrissenen Ärmeln.

Eine hoch gewachsener, spindeldürrer Junge hält sie mit festem Griff an den Hinterbeinen gepackt. Phephelaphi lugt über die niedrige grüne Hecke und den Stacheldrahtzaun; der Kopf des Jungen gerät in ihr Blickfeld. Rasende Schreie. Mitten auf der Sidojiwe E2 sieht sie die tote Katze rasch über ein kurzes, saumloses Kleid schwingen. Eine ertränkte Katze.

Ein orangefarbenes Kleid. Ein Kleid, am Neujahrstag im Baloos Store gleich um die Ecke gekauft, als der Ladenbesitzer schnell fort musste und alles für Twopence verkauft hat: Kleider und Khaki-Shorts, Schnürsenkel, Zuckerwerk, Eat One Nows, Afrokämme, Schweizer Taschenmesser, Lion-Streichhölzer, Andrew's Lebertran, Star-Zigaretten, Golden Syrup, Minora-Rasierapparate, Vanishing Pond's, Vinolia-Seife, Deodorant und Bata-Schuhe. Ein Twopence-Stück für ein Paar Bata: schwarze Halbschuhe mit dickem, schwarzem Gummi rundherum und weichen, kastanienbraunen Sohlen, die rochen wie ... na ja, eben so.

Das Schaufenster ist immer geschlossen. Um Diebe abzuschrecken. Paraffinöl ist kostbar, bleibt aber vor dem Ladeneingang stehen. Die Leute spüren, dass der Ladenbesitzer ihnen vertraut, und rühren es nicht an. Manchmal wirft ein Kind eine Flasche um. Oder ein Betrunkener. Das bringt den Ladenbesitzer in Rage und treibt ihn auf die Sidojiwe E2.

Die Brauen gerunzelt, droht er mit den Fäusten, flucht und verwünscht den ganzen Kontinent. Hockt über der leeren Flasche und lässt sich vom Paraffingeruch einhüllen. Der Boden saugt das Paraffinöl auf, es verteilt sich bis zur Tür. Wochenlang hat Baloos Store eine eigene Duftmarke. Als sei eine Gelegenheit zur Flucht oder zur Aufgabe missverstanden worden. Das Paraffinöl zieht den Ladenbesitzer hinter sich her zurück ins Geschäft, wo er mit neuem Eifer auf das Grammophon losgeht. Sein Arm kreist und kreist und kreist, bis sich Musikklänge in die Straße ergießen. Er weiß, wie er die Leute aus der Sidojiwe E2 erreichen kann. Der Kwela ... ach, was für eine Musik.

Von der Sache mit dem Red-Seal-Roller-Mehl sprechen alle immer wieder mit einem gewissen Bedauern. Bald teilt auch Phephelaphi dieses Gefühl. Der Ladenbesitzer verkauft das Red-Seal-Roller-Mehl nicht; vielmehr müssen die Leute sich darum raufen. Er wirft die schweren Säcke vom Balkon seines zweistöckigen Hauses, der mit geschwungenem, rot angestrichenem, rautenförmigem Metall verziert ist. Die Säcke kippen um, reißen beim Aufprall auf. Viele Arme balgen sich darum.

Red-Seal-Roller-Mehl. Ganz und gar umsonst. Und das ist kein Missverständnis. Schließlich rinnt das Mehl ungehindert aus den Säcken auf die Straße. Es regnet auf die wartenden Gesichter, schimmernd wie Staub. Eine Zeit lang strecken sich begierige, mit Mehl bedeckte Arme hoch zum Balkon.

Dann fällt die Menge in sich zusammen, die Menschen bücken sich, finden zwischen dem Erdreich und der wilden Leere in ihren Herzen das mit Erde vermischte Mehl und darin Scherben zersplitterter Fantaflaschen, abgebrannte Streichhölzer und Unmengen gelber Zigarettenstummel, auf denen blässlich weiß Peter Stuyvesant steht. Dieses Gemisch kratzen sie in kleine Metallschüsseln, die sie mitgebracht haben, untersuchen es eingehend. Zwischen den Sandkörnern und den glatteren Körnern des Red-Seal-Roller-Mehls lag ja vielleicht Hoffnung. Sie finden keine.

Die Frauen zerren mit einem Ruck ihre Kinder vom Boden hoch und machen sich auf den Heimweg. Ihre Gesichter sind unruhig, ihre Augen flackern. Sie hätten sich in Reihen nach dem Red-Seal-Roller-Mehl anstellen sollen, nicht darum kämpfen oder einander misstrauen. Nun teilen sie eine vollkommene Niederlage miteinander. Zumindest teilen sie etwas miteinander; Häme oder Stolz etwaiger Sieger gibt es nicht. Die Männer, über ihre ungezügelte Spontaneität gleichermaßen verwundert, lassen niedergeschlagen die Schultern hängen. Die Niederlage wird gemeinsam getragen. Es liegt eine wilde Freude darin, ein Geschenk zu zerstören. An ihren Armen haften Berührungen. Unter dem Balkon liegt eine Unzahl gebrochener, fein zermahlener Schmetterlingsflügel.

Die letzte Lärm der Kinder verhallt. Die Katze landet im Graben. Die Kinder verschwinden hinter dem jetzt geschlossenen Baloos Store um die Ecke.

Die Sidojiwe E2. Mit jedem Tag wird Phephelaphi neugieriger auf ihre Verlockungen und Befehle, ihre fehlende Inbrunst. Wie soll sie dem Hunger eines anderen trauen, seinem seelischen Aufruhr und seiner Begierde: deren Stärke, deren Kraft, dem Mut, der darin fehlt?

SIEBEN

Ein Zimmer. Zuverlässige Ziegelmauern. Asbest und Zement. Phephelaphi und Fumbatha besaßen ein Bett, auch wenn es knarrte und durchhing und über den Fußboden schleifte. Einen Paraffinofen. Einen Draht, der quer über das Bett durch das Zimmer gespannt war, an dem sie ihre Kleider aufhängten und damit den Raum teilten. Das Bett wurde so in zwei Teile geteilt, die obere Hälfte befand sich in der einen Zimmerhälfte, die untere in der anderen. Auf der einen Seite wurde gekocht, und dann bückten sie sich unter den Röcken und Hosen hindurch, setzten sich an das Fußende des Bettes, hielten bemalte Metallteller auf dem Schoß und aßen ihr heißes Mahl. Auf dieser Seite des Bettes hatten auch zwei Koffer Platz, abseits der Kochstelle, neben dem kleinen quadratischen Fenster, das auf die Sidojiwe E2 hinausging. Dann der Eingang.

Wenn die Tür sich öffnete, schlug sie gegen den Metallrahmen des Bettes. Schob man das Bett ins Zimmer hinein, ließ sich die Tür weiter öffnen und prallte gegen die abgenutzten, an den Ecken aufgestoßenen Koffer, deren Seitenwände aber noch intakt waren und vom Schnappschloss an ihrem Platz gehalten wurden. Sie verstauten die Koffer unter dem Bett, holten sie nur hervor, wenn etwas Dringendes daraus benötigt wurde: ein Brief mit einer alten Anschrift, die sie brauchten, um ein Bewerbungsschreiben abzuschicken, oder wenn die Gedanken auf Abwege gerieten und ein Stöbern in den Koffern dem Leben wieder einen Anschein von Ordnung gab. Sie schoben die Sachen auf dem Draht in die eine Zimmerecke, schnitten dann Fleisch in schmale Streifen und hängten es über den Draht. Es tropfte, bis es schließlich getrocknet war. Häufig tränkte der Geruch trocknenden Fleisches den ganzen Raum. Also rissen sie die Tür weit auf. Das getrocknete Fleisch verwahrten sie in Plastiktüten.

Die Wände waren dünn. Fumbatha und Phephelaphi waren sich des winzigen Abstands zwischen ihrem Atem und dem nächsten Zimmer bewusst, zwischen ihren Gedanken und denen nebenan, ihren unterdrückten Stimmen und dem Raum, der nicht ihnen gehörte, ihren Bewegungen, ihrer Hingabe. Sie wussten auch, dass ihr Stöhnen und ihre Leidenschaft Zeugen fanden, die so dreist wie Sterne waren. Sie wussten das, vergaßen es aber wieder, sobald ihre Lippen einander berührten und ihre Schenkel sich umschlangen, ihre Finger sich verschränkten und sie, einander hingegeben, in einen einsamen, einzigartigen, leidenschaftlichen Rausch fielen, still und fest den anderen haltend. Sie beschworen den Tag, dass er die Nacht vertrieb, und die Nacht, dass sie den Tag bannte; die Teilungen zwischen Licht und Dunkelheit waren unangenehm, forderten den Wechsel ihrer Gewohnheiten – eine Tür, die zu öffnen oder zu schließen war, das Fenster, das geputzt werden musste, ein noch nicht gebügeltes Kleid, eine lange verloren geglaubte Verletzung, die sie vom Boden aufheben mussten wie einen losen Nagel, ein Klopfen an der Tür, ein Sonnenuntergang, der wie eine wütende Flamme auf die Asbestdächer herabstürzte, und der Wind, der kalte Asche aus toten Feuern in die Augen blies.

Eigentlich nicht schlecht, doch sie wollten nicht daran erinnert sein, waren der Geruch von röstendem Mais, die rotglühenden Scheite. Sie warfen einen Lichtschein auf das Gesicht der Frau, die mit einem Stück Pappe in der Hand die Flammen schürte, auf ihre Arme, die sich auf und ab oder seitwärts bewegten. Die Frau summte eine Melodie, spitzte die Lippen und blies ein ums andere Mal kühlen Atem über die Scheite, um die Hitze des Feuers zu halten und auch die Kraft seiner Ausstrahlung. Von hoch oben aus den großen Bäumen, die über den Häusern thronten, hörten sie die Samen, wie sie herabgeweht wurden oder herunterfielen, wie Perlen auf die Dächer prasselten und herabrollten, niedergingen wie ein heftiger Regenguss.

Sie brauchten weder Willkommensgrüße noch Abschiedsworte. Sie genügten einander, bis sie sich entschlossen, vor die Tür zu gehen. Zu welcher Tagesstunde oder Nachtzeit auch immer. Sie spazierten die Sidojiwe E2 hinunter, an einem Karren mit Tomaten vorbei, unterhielten sich mit den Nachbarn, kauften eine Apfelsine und warfen die Schale über den Stacheldrahtzaun. War es weit nach Mitternacht, dann schmiegten sie sich aneinander, duckten sich in die Hecken und ließen die Streifenwagen vorbeifahren, ließen sich unter den Lichtstrahl der Scheinwerfer fallen und verschmolzen mit dem Geräusch davonfahrender Räder. Sie versteckten sich unter ihrer Haut.

Sie vergaßen die Wände um sich herum, die so durchscheinend waren wie Spitze. Sie erinnerten sich nur noch an die Umrisse der Teelöffel, die sie eingebüßt und ersetzt und wieder verloren hatten, die sie verwendeten, um großzügige Mengen Zucker oder Salz zu verteilen. Daran erinnerten sie sich genau. Ein schlanker, flacher Löffelstiel, den sie mit Daumen und Zeigefinger liebkosten und sacht von der Zuckerdose in die Tasse senkten und von da an die zitternden Lippen führten. An den Rest erinnerten sie sich nicht. Vielleicht einmal an die gebogene Tülle einer Teekanne. Alle anderen Erinnerungen interessierten sie nicht, vor allem nicht die dünnen Wände und die Nachbarn, die den Atem anhielten und warteten, Zeuge dessen zu werden, das zu belauschen sie nie müde wurden, wie schmerzlich auch immer ihre eigene einsame Ferne sich zu einer größeren Lautstärke steigerte als die Erfüllung der beiden nebenan.

Phephelaphi und Fumbatha bemerkten nichts von der Angst der Nachbarn, die klopfenden Herzens an den dünnen Wänden lauschten. Im Gegenteil. Sie vergossen öligen Schweiß, der auf ihren Körpern perlte, und tauschten unerträgliche Zärtlichkeit. Die Nachbarn horchten. Nicht, weil sie unbedingt zuhören wollten, sondern weil die Wände eine Einladung aussprachen, gegen die sie sich nicht wappnen konnten. Sie hörten das Lauteste, das Brennen in den Schläfen, und wenn sie das vernahmen, wurden auch sie so taub wie die Liebenden nebenan und hörten gar nichts mehr, nicht die geflüsterten Zärtlichkeiten, nicht den ausgesprochenen Willen zu leben, der in der leidenschaftlichen Umarmung ausgedrückt werden musste. Vielleicht bekamen die Nachbarn mit, wie die Lider sich schlossen, die Arme sich ausbreiteten, es die Körper verlangte zu fliegen. Hörten die Versprechungen, die gemacht wurden, weil es einfach sein musste. Letztlich konnten die Nachbarn nichts dagegen tun, dass sie die Geheimnisse anderer teilten und sich an Dinge erinnerten, woran die Liebenden sich nicht mehr erinnern konnten; an Worte, die wie Perlen aus ihren Mündern fielen, um jeden Bruchteil ihrer Umarmung zu würdigen, Worte, in einen Duft so weich wie Milch getaucht, Worte, gemeißelt wie Stein, Worte mit Flügeln, damit sie den Himmel berührten. Diese kostbaren Worte brauchten Zeugen, die sie zu einem Lied verbanden.

Abwechselnd leckten sie an Ein-Penny-Briefmarken, bis der klebrige Stoff abging, dann drückten sie die Briefmarke in die rechte obere Ecke des Briefumschlags. Weil aber zu viel Speichel an der Briefmarke hing, rutschte sie am Briefumschlag herunter, bis sie, aus ihrem eigenen geheimnisvollen Willen heraus, auf halbem Wege antrocknete, gleich neben der Anschrift, die mit enger, sauberer Hand darauf geschrieben stand. Sie verschlossen den Umschlag, verstauten ihn unter dem gestickten Kissen. Post, die abgeschickt oder aber vergessen wurde. Ein Brief an einen früheren Nachbarn, der eine Adresse in Salisbury hinterlassen hatte. Sie schrieben einen Brief an Pholisa Nyathi in Mbare, obgleich ihnen klar war, dass dieser Nachbar niemals antworten würde, da er sich einem Streben und Trachten verschrieben hatte, das nach Großstadt schmeckte und müßig war und von dem er sich nicht erholen würde.

ACHT

Nichts trägt mehr Musik in sich als ein Zug.

Die Mühelosigkeit der Bewegung, wenn er mit Getöse und Rauch und stampfenden Maschinen über die Schienen jagt, der Dampf, der in den Himmel zischt, die lodernden Feuer. Also setzen sie sich in einen Zug und finden sich in der Stadt wieder. Es ist unmöglich, ungehindert den streng bewachten Zug zu durchqueren und die Wagen mit den Vorhängen zu betreten, durch die beständigen Klagegeräusche zu gehen, durch das Schrillen der Pfeife, welche die Luft wie Papier zerreißt und verbrennt. Sie bleiben in den Waggons vierter Klasse, in denen goldbraune, auf dem Fußboden angeschraubte Bänke stehen, Waggons, in denen allein stehende Mütter unter die Bänke kriechen, ihre drei Wochen alten Säuglinge sacht zwischen hochgezogenen Knien und vornüber gebeugten Brüsten bergend, damit sie aus ihren Brüsten etwas Zärtlichkeit saugen können. Immer, wenn der Zug plötzlich anhält, bewahren nur die eisernen Sockel der Bänke und die Füße der Fahrgäste sie an ihrem Platz. Licht gibt es nicht.

Das Verlegen der Gleise, die in unbestimmbare Fernen ziehen, ist eine gut bezahlte Arbeit, doch die haben Leute unter sich aufgeteilt, die schon hier waren, bevor die Bauarbeiten in Angriff genommen wurden, deren Land platt gewalzt wurde, damit die Schienen verlegt werden konnten. Jetzt sind die Gleise verlegt und warten darauf, Menschen, Kohle, Apfelsinen von einem Ort zum anderen zu bringen. Baumwollwolken und auch Sonnenblumenkerne. Den Geruch von Tabak, der zu gewaltigen Ballen gerollt worden ist. Rinder, die ins Schlachthaus gebracht werden sollen. Der Rauch wälzt sich die Fenster entlang wie Regenwolken.

Der Zug fährt nach Bulawayo, nach Fort Victoria, nach Gwelo, nach Que Que, nach Gatooma, nach Salisbury. Die Menschen kommen von noch weiter her. Überall versuchen sie, in den Zug zu gelangen, sich auf die lange Reise in die Stadt zu begeben. Der eine nimmt den Bus von Mhondoro, weil es dort keine Eisenbahn gibt, und kommt nach Hartley. Dort muss er sich entscheiden, ob er nach Bulawayo oder Salisbury weiterfahren will, denn beides sind große Städte, die noch immer weiter wachsen. Bulawayo, wo sich die Direktion der Rhodesia Railways befindet, ist größer. Es liegt nahe an Südafrika, und das allein ist schon ein riesiger Vorteil. Die Entscheidung fällt nicht leicht. Am besten ist es, den Zug mehrere Tage lang zu beobachten, wie er in beide Richtungen rollt, zunächst natürlich, um den Mut zu fassen, einzusteigen, zu beobachten, wie er hin und her fährt, bevor man aufspringt, ohne sich zu vergewissern, in welche Richtung er diesmal fährt. Wer ihn mit geöffneten Türen und Fenstern stehen sieht, dem wächst durch diesen Anblick der Mut, und am nächsten Morgen erscheint es ihm wie ein Wunder, wenn er den Kopf nach hinten wendet auf den imponierenden Schwanz aus Qualm, der den Himmel schwärzt, und nicht sieht, welche Sorgen vor ihm liegen, sondern die betrachten kann, deren er bereits enthoben ist.

Der Zauber, der sie in die große Stadt getrieben hat, reicht nicht aus, ihr Überleben zu gewährleisten. Dennoch hält die Reue, wenn sie sich überhaupt meldet, nur für Sekunden an, bevor sie sich wieder ihrem Schicksal ergeben. Sie schieben alles auf die Züge, verfluchen sie, klammern sich aber nur noch mehr an die Stadt. Von überall her sind die Menschen gekommen. Sie lernen nicht nur die Geheimnisse der anderen kennen und nehmen sie in sich auf, sondern auch deren rätselhafte Sprachen. Akzent reibt sich an Akzent,

Wort an Wort, Dialekt türmt sich auf Dialekt, bis der rastlose Klang sich wie Rauch lichtet, der Zusammenprall der Wörter, Töne, Rhythmen und Bedeutungen gegenwärtiger ist als die vorüberrumpelnden Züge. Sie lachen, wenn der Sinn unter dem Gewicht der Wörter zusammenbricht, wenn sich Wort an Wort schabt, wissen aber, dass etwas Kostbares entdeckt ist, wenn ein neuer Klang freigesetzt wird und die Kluft zwischen ihnen überbrückt.

Es stimmt, sie lachen über jede neue Sprache aus fernen Gegenden, aber sie bleiben neugierig und lassen sich aufeinander ein. Mag sonst auch vieles nicht in Übereinstimmung zu bringen sein, es gelingt ihnen zumindest, sich in Englisch zu begrüßen, einfach Hallo zu sagen, als wäre Hallo kein englisches Wort. Es gehört dazu, wenn man in der Stadt lebt. Jim ... Baas ... Jim ... Baas ... Jim ... Baas. Die Kinder im Wartesaal erkennen die Wahrheit, die in diesen Worten steckt, und das verführt sie zu endloser Nachahmung. Sie nehmen sich zerrissene Baumwollärmel, die sie wie eine Binde über den Augen befestigen, und dann rufen sie nach Jim. Und Jim antwortet von unter den Bänken her, von hinter der Schulter, vom Papierkorb her, von überall her. Nur nicht von dort, wo ihn die kurzen Arme, die sich suchend nach ihm ausstrecken, finden können. Deshalb stößt Baas gegen die Bänke, schlägt gegen Wand und Dunkelheit. Und sie rufen nach ihren Vätern, die Sixpence, Tickey, Teaboy und Lucky heißen.

Die große Stadt ist genau so wie der Zug. Auch sie speit Rauch in alle Richtungen, und wer genau hinsieht, entdeckt, dass auch sie sich bewegt. Etwas Seltsames liegt darin, dass es den Stempel des Versagens trägt, wollte jemand den Zug besteigen, um wieder in eine frühere Sicherheit zurückzukehren, auch wenn niemand von Erfolg zu träumen gewagt hat, als er hierher gekommen ist. Aber es wäre, als ließe er sich etwas aus den Händen nehmen. Die

Vergangenheit ist abgeschlossen, egal wie sinnvoll sie gewesen sein mag, selbst wenn Vergangenheit nur den gestrigen Tag meint. Man kann sie nicht zum Vergleich heranziehen. Wer zurückkehrt, muss Fragen beantworten. Einfache Fragen. Zum Beispiel, wie es in Bulawayo ist. Wer auf diese Fragen eine befriedigende Antwort geben will, muss länger bleiben, Teil der Stadt werden, sich die Bürgersteige genau anschauen, auch wenn er sich in sicherer Entfernung von ihnen zu halten hat, muss in trübe Fenster sehen und schnell an ihnen vorübergehen, hin zu einem anderen Ziel, wo er sich um nichts Dringendes zu kümmern braucht. Wo das Warten die dringlichste Aufgabe ist.

Sie sind hier, um zu lernen, wie man eine Geschichte über die große Stadt erzählt. Wenn sie heimkehren, können sie die Geschichte vielleicht erzählen, indem sie etwas hervorholen, das sich mit der Hand greifen lässt, etwas Wunderbares, das eindeutig beweist, dass es die große Stadt wirklich gibt, und auch, dass sein Besitzer tatsächlich dort gewesen ist. Deshalb braucht es für den Entschluss zurückzukehren Zeit, weil sie nach etwas Dinglichem suchen müssen, für das es keinen eindeutigen Begriff gibt. Zeit verschlingt Zeit, und dieses wunderbare Etwas ist nun einmal nicht leicht zu finden. Das einzig Fassbare ist der Bürgersteig, und auf dem dürfen sie nicht gehen.

Der Bahnhof mit seinen Wartesälen wird zum am dichtesten bevölkerten Ort in der Stadt. Monatelang halten sich die Leute hier mitunter auf, weil sie nicht wissen, wohin. Ohne ein bestimmtes Ziel ziehen sie von Saal zu Saal, verstauen ihre wenig kostbaren Besitztümer unter den Holzbänken, auf dem Zementfußboden. Die Bänke sind breit und säumen drei der Wände. Die vordere Wand besteht aus einem offenen Bogengang, der nur teilweise Schutz bietet. Ein kleinerer Torbogen ohne Tür führt in den nächsten Wartesaal und ein weiterer zum übernächsten. Die Wartesäle liegen unmittelbar hintereinander, und doch ist es nicht möglich, durch die Türen bis in den letzten Saal zu gelangen, denn es stellen sich Hindernisse in den Weg. In Reihen liegen sie da, als Erhebungen über dem Boden, und weil nicht ausreichend Platz vorhanden ist, sind die Fußböden bald mit Taschen und rastlosen Menschen übersät. Vom Wartesaal zum Warten ohne Ende.

Nachts ist es innen dunkel, mit Ausnahme des Lichts, das vom Bahnsteig hereinfällt, wenn noch verkehrende Züge durchfahren. Von den Wartesälen bis zum nächsten Bahnsteig zieht sich ein Dach, so dass das Mondlicht sie nicht erreicht. In den frühen Morgenstunden taucht in der Ferne eine Hand voll trüber Lichter auf, die hin und her pendeln. Lampen, in den Händen der Männer, die die Gleise kontrollieren. Sie bewegen sich langsam auf und ab, tanzen wie Glühwürmchen. Ein stumpfes Licht flackert hinter dem dicken Lampenglas, an dem sich Kondenswasser abgesetzt hat – der Morgendunst, der sich wie Dampf aus einem großen Kessel über die rostigen Dächer der Werkstattschuppen am Ende des Bahnhofs weit hinter dem letzten Bahnsteig erhebt. Die Gleise glitzern vor Kälte, geronnener Tau hängt an metallenen Kanten, gleitet herab an der dicken Paste aus schwarzem Öl, die um Metallbolzen und Nahtstellen eine Kruste gebildet hat. Stöbernd wandern die Lampen durch die ruhige Nacht. Die Füße stapfen über die groben Schottersteine und schlittern vom Damm herunter, auf dem die Gleise liegen, auf dem andere Männer gehen und mit geübtem, regelmäßigem Schritt auf die hölzernen Schwellen trommeln, die eine sanfte, stille Hitze in ihre Knie senden.

Dann, wenn der Zug sich nähert, zittert der Boden wie bei einem Erdbeben. Die Hand, die sich im Wartesaal flach auf den Fußboden legt, spürt den Boden pochen wie ein Herz. Schließlich läuft der Zug ein. Wer keinen Platz entlang der Bänke gefunden hat, lernt schon bald, unter diesem hektischen Puls zu schlafen. Die Nächte sind dunkel, die Luft ist verbraucht vom Atem und von den vielen ungewaschenen und hungrigen Menschen. Doch selbst hier kommt ein Kind zur Welt.

Für das In-die-Stadt-Kommen gibt es immer viele Gründe. Manche sind einem Verwandten hierher gefolgt, ohne zu ahnen, dass der Ort so groß ist, dass man niemanden findet, wenn man keine Anschrift und genaue Wegbeschreibung hat. Anstatt in ihre Heimat zurückzukehren, bleiben sie, sind damit zufrieden, sich wenigstens in der Nähe dieses Durcheinanders aufzuhalten. Selbst ohne dass sie daran teilhaben, sind sie doch Teil des Ganzen. Ihre Koffer werden feucht von den ungewaschenen Kleidern, bis sie schließlich neben den großen, metallenen Müllbehältern abgeladen werden, bis zu guter Letzt auch alles andere ausgemustert wird, ausgenommen das Geratter ankommender Züge.

Dieses Geratter bindet sie an ferne und verlorene Orte. Auf dem Bahnhof aber gibt es Möglichkeiten. Es kann sich etwas ändern und sie zum Bestandteil dessen werden lassen, was hier entsteht. Häufig kommt ein Wachmann vorbei und vertreibt sie aus den Wartesälen. Fordert sie auf, ihre Fahrscheine hervorzuholen und nachzuweisen, auf welchen Zug sie warten. Oder das Geld vorzuzeigen, mit dem sie einen Fahrschein bezahlen wollen. Mit vor Scham brennender Haut strömen sie mit ihrer wenigen Habe aus den Wartesälen, kehren aber, einer nach dem anderen, wieder. Sie verziehen sich bis an den Stadtrand, kommen aber zurück. Ihnen bleibt nur der Wartesaal.

Ein paar finden Arbeit. Der Rest aber bleibt, wo er ist, und lässt die Zeit den Hunger vertreiben. Sie begrüßen die frisch Eingetroffenen und rutschen mit dem Rücken enger an die Wand, damit die Neuankömmlinge Platz finden. Und jedes Mal werden sie durch die Verwunderung in den Augen der Neuen entschädigt, von den überraschten Gesichtern derer, die zum ersten Mal unter Straßenlaternen gehen. Die Bahnhofsbewohner halten es für nötig, den Ankömmlingen jedes nur erdenkliche Abenteuer auszumalen, weil sie etwas besetzen müssen, das nur ihnen gehört. Sie können aber lediglich für sich in Anspruch nehmen, zuerst hier gewesen zu sein. Um das zu beweisen, beschreiben sie die Stadt in allen Einzelheiten: die Absätze schwarzer Frauen, die mit roten Schuhen über Bürgersteige stöckeln und passende Handtaschen eng an den in knappe, aufreizende Hüllen gekleideten Körper pressen; das glatte Rascheln durchsichtiger Seidenblusen, die über schwarze Haut, Büstenhalter und extraglatte Strumpfhosen wippen; die Gesichter schwarzer Frauen, die hellhäutig, glatt und weich geworden sind; die großen Hallen in der Stadt, wo man am Wochenende, auf Zehenspitzen stehend, auf der Leinwand Bilder sich umarmender Liebender sehen kann oder einen weißen Mann mit Cowboyhut, der auf einem Pferd reitet und nackte Jungen von den Rädern seines Planwagens peitscht. Schwieriger ist es schon, eine Teetasse zu beschreiben. Man muss sich unter ein Fenster geschlichen und hindurchgelugt oder sich in den Wartesaal der ersten Klasse gewagt haben, um das Wort Untertasse in der richtigen Bedeutung verwenden zu können. Sie erzählen von den Zeitungen, die Tag für Tag gedruckt und an Kreuzungen verkauft werden und wie sie schließlich, am Ende des Tages, überall einfach weggeworfen werden; und dass in jedem Polizeiwagen, der durch die Straßen der großen Stadt Streife fährt, weiße Männer mit Schlagstöcken sitzen, die nur allzu bereit sind, diese auch zu benutzen.

Sie klären die Neulinge über die Regeln der Rücksichtnahme auf, über die ganze Philosophie des Anwesendseins und Unsichtbarbleibens. Wie man einfach überlebt. Über die Lobengula Street, in der sie asiatische Familien sehen können, die dort ihre Läden betreiben.

Sie berichten von den zahllosen Frauen, die in den Alleen und diskreten Nachtlokalen zu Hause sind, wo sie sich, abseits des hellen Lichts, hinter einer lange verlorenen Unschuld verstecken. Erzählen ihnen von Trinkhallen, in denen Männer mit Fliegen um den Hals heimlich flaschenweise Schnaps an Frauen verkaufen, von Männern, die Läden betreiben, die ihnen auch gehören – enge Zellen mit einem einzigen Lichtzylinder an der Decke, der, halb unter Schmutz verborgen, seinen düsteren Schimmer herabwirft. In diesem hoffnungslosen Dämmer werden Frauenbeine sichtbar unter dreibeinigen Metalltischen, an denen Männer mit roten, zerlumpten Baretten Karten spielen, streiten und Messer ziehen, mit denen sie sich gegenseitig bedrohen und umschmeicheln, wo Münzen klingeln und von den rostigen Tischplatten herunterklimpern. An der Wand lehnt eine Frau und trägt fast glaubwürdig eine wahre Liebe zur Schau, starrt voller Zuneigung auf die gebeugten Schultern der Männer, während sie langsam, Schluck für Schluck, heimlich gebrannten Schnaps aus einer flachen, handgroßen Flasche herunterstürzt, die in einer zerknüllten Plastiktüte versteckt ist. Eine andere sitzt mit angezogenen Knien auf dem Fußboden, die dicken Arme um die Knie geschlungen; eine leere Flasche liegt vergessen unter ihren Schenkeln, und der Rock, der hinter ihr Falten wirft, ist der einzige Grund, der sie glauben lässt, sie sei nun zu einer dauerhaften Umarmung bereit. Neben ihr fällt, von hoch oben, ein schwarzer Hut ohne Krempe zu Boden. Der Mann, der über ihr steht, lehnt sich weit nach hinten und schüttet eine ganze Flasche frische Milch in sich hinein.

Diese Frauen sagen, was sie denken, wann immer es ihnen in den Sinn kommt. Sie hassen Missverständnisse, deshalb wiederholen sie jedes Wort, lachen und vergessen, sich zu entschuldigen. Entschuldigungen sind unangenehm und bedeuten, soviel sie wissen, dass man das Knie beugen und auch wieder aufstehen muss, und dafür fehlt ihnen längst die Kraft. Der Schnaps ist klar wie Wasser, aber er brennt ihnen alles Verlangen von der Zunge. Den Männern gefällt dieses ausgebrannte Verlangen, und so folgen sie den Frauen nach Hause, wo sie jedes falsche Versprechen in sich aufsaugen und die bereits nachgebenden Knie lieben, die zu Boden sinken, den Ärmel, der achtlos von der Schulter rutscht, die fehlende Silbe am Ende der Worte, diesen endlosen, reinen Verlust der Schwerkraft.

Die Frauen gehen benebelt und gebannt durch die Nacht, an den Fabriken und Raffinerien vorüber, in denen nichts als Zucker hergestellt wird. Sie mögen zwar den Qualm hassen, lieben aber die erstaunliche Hingabe an das Süße, und so schreiten sie ein wenig schneller aus. Sie springen über die dicken Stengel verbrannten Zuckerrohrs, die am Nachmittag von großen Lastwagen gefallen sind. In der Morgenluft breitet sich ein starker Zuckergeruch aus, der sie ein wenig nüchterner werden lässt, ihren schaukelnden Schritten, ihren Hüften und Armen eine gewisse Gleichmäßigkeit verleiht und es so unnötig macht wie Zeit, den Arm zu heben und den Schmerz wegzuwischen, der sich aus ihren Lidern Bahn bricht. Vielmehr lauschen sie mit Bedacht darauf, wie eine lang vergessene Sehnsucht zwischen ihre leeren Beine schlüpft und sich dort, während sie weitergehen, wie ein unschätzbares Geheimnis niederlässt. Sie riechen, wie das Zuckerrohr brennt. Rauch kräuselt sich aus sechs turmhohen Wärmesäulen und verdeckt die Sterne. Die Frauen denken an nichts wirklich Ernstes, nur an brennende Kohlen und verbranntes Zuckerrohr.

NEUN

Deliwe hasste Polizisten.

Sie hasste schwarze Polizisten. Sie war der Ansicht, dass die nicht nur fähig waren, ihre eigene Kotze zu fressen, sondern auch ihren Müttern den Bauch aufzuschlitzen. Wenn dem nicht so wäre, warum hätten sie dann eine Arbeit angenommen, deren einziges Vergnügen darin bestand, auf Humber-Fahrrädern durch die Straßen zu radeln, Frauen auf Polizeilaster zu verfrachten und Hunde zu führen, die nach schwarzem Blut lechzten. Ungeachtet der Tatsache, dass alle sich bemühten, jede hart verdiente Münze zu sparen, um sich ein Humber zu kaufen, und dass es verwirrend war zu beobachten, wie jemand sich auf so einem zerbrechlich aussehenden Stück Metall im Gleichgewicht hielt. Ungeachtet dessen. Egal. Polizisten waren gemein. Sie hasste sie, und weder sie noch irgendjemand sonst mochte dieses Geheimnis für sich behalten.

Ihr kleines Haus in der Sidojiwe E2 war sogar in den dunkelsten Morgenstunden ein Bienenstock an Geschäftigkeit. Sie hatte an der Vorderseite eine Veranda abgeteilt und rundherum eine Dornenhecke gepflanzt. Im Winter trieb die Hecke lange gelbe, von den Fruchtständen herabhängende Samen. Aus Rissen in ihrer Schale tropfte ein sirupdicker Saft. An Sonntagnachmittagen öffnete sie die Vordertür sperrangelweit, damit sie hörte, wie das Essen in ihrem Topf auf dem Primuskocher kochte, und setzte sich entspannt auf denjenigen der leeren Bierkästen auf der Veranda, auf dem mit großer, schwarzer Schrift *Southern Rhodesia* zu lesen war. Der Besitz dieses Kastens war ein Vergehen, für das sie bestraft werden konnte.

Einmal war Deliwe eine ganze Nacht in eine Zelle auf der Polizeiwache gesperrt worden, weil sie Alkohol ausgeschenkt hatte, noch dazu in einem Wohnhaus. Sie warf den Kopf in den Nacken und lachte wie verrückt, als ein Polizist ihr erklärte, die rechteckige Hütte mit dem verfallenden Dach, den farblosen, baufälligen Wänden, der die Abgeschiedenheit fehlte, in der eine Frau sich mit einem Mann lieben könnte, sei ein Wohnhaus. Woraufhin der Polizist sie zusammenschlug. Seither musste Deliwe immer den Kopf nach rechts drehen, wenn sie hören wollte, was man zu ihr sagte. Sie erzählte nie, dass sie wegen der Schläge, die sie in der Haft erhalten hatte, auf dem rechten Ohr taub war. Sie brannte weiterhin ihren Schnaps und verkaufte ihn. Die Polizisten hatten ihr vorgehalten, dass der *skokiaan*, den sie ihren Kunden auftischte, die Lungen angriff. »Haben Sie schon mal einen Schwarzen aufgeschnitten und nachgeprüft, ob er überhaupt eine Lunge hat?«, hatte sie gefragt. Sie schlugen erneut auf sie ein. Ein schwarzer Polizist verfolgte sie bis nach Hause und bot ihr an, er wolle ihre Wunden versorgen. Sie spuckte ihn an. Er gab ihr eine Ohrfeige und sagte, er würde ihre Zelle von Kakerlaken freihalten und zurückzukommen, um sie wieder einzusperren. Er ließ die Tür offen, als er ging.

Zurück in der Sidojiwe E2, machte sie weiter, als ob nichts geschehen wäre. »Jeder darf Besucher empfangen«, antwortete sie auf die Frage, ob sie sich nicht vor der Polizei fürchte. Eigentlich war Deliwe keine besonders kräftige Frau. Mit ihren fünfzig Jahren sah sie hoch gewachsen und so schmal aus, als äße sie überhaupt nichts. Immer bedeckte sie ihr Haar mit einem roten Kopftuch, nicht etwa, weil sie so schamhaft war, ihre weißen Haare zu verbergen. Nein. Sie hatte keine weißen Haare. Sie musste ihr Haupt verhüllen, weil sie beschäftigt war. Der Knoten an ihrem Hinterkopf hielt all ihre Pläne zusammen. Sie hatte an andere Dinge zu denken. Nichts an ihr verriet, dass sie solchen Mut besaß. Mit Ausnahme ihrer Augen: In ihnen nisteten Skorpione.

Die Skorpione in ihren Augen waren erstmals aufgetaucht, nachdem sie, als sie zur Wache transportiert wurde, aus dem Polizeiwagen gesprungen war. Sie hatte sich gegen ihre Verhaftung gewehrt und darauf beharrt, dass es kein Verbrechen sei, wenn sie Besucher in ihr Haus gebeten habe. Sie wollte nicht den Weg bis zur Wache in einem Käfig gefangen sein und sagte, dass sie zu Fuß gehen würde. Bei dem Versuch, von dem mit voller Geschwindigkeit fahrenden Wagen zu springen, fiel sie herunter und rollte an den Straßenrand, wo sie, von ihrer spontanen Handlung selbst überrascht und wie gelähmt, liegen blieb. Der Fahrer hielt etliche Meter von ihr entfernt an und setzte zurück, bis die Räder sie fast überrollten. Sie sah, wie die Räder sich drehten, und in ihren Augen zogen die Skorpione auf. Die Räder drehten sich, bis sie ihre Haut berührten. Sie warfen sie auf die Ladefläche und fesselten sie mit Handschellen an den Boden des Wagens. Die ganze Fahrt über musste sie dort liegen. Seither hatte Deliwe die Skorpione in ihren Augen bewahrt, was manchen Angst einjagte und andere, wie Phephelaphi, fast verrückt machte vor Hoffnung.

Deliwes Haus war eine von mehreren *shebeens*, in denen man von Sonnenaufgang bis Sonnenaufgang Alkohol kaufen konnte. Man konnte auch dort bleiben und sich betrinken. In den vier Zimmerecken brannten vier Kerzen, und Deliwe pflegte ihre Kunden davor zu warnen, ihr mit den Kerzen die Vorhänge in Brand zu stecken. Womit sie ein dünnes, zerlöchertes Tuch meinte, das den ganzen Tag zugezogen blieb und ein kleines, viereckiges Fenster mit einem winzigen Sims verbarg, auf dem sie ihre Streichhölzer und unbenutzte Kerzen aufbewahrte. Sie raffte das Tuch nur dann zur Seite, wenn sie nachsehen wollte, ob Blitze durch die Straßen zuckten, damit sie rechtzeitig ihren

Schnaps verstecken konnte. Als Blitze bezeichnete man die vorüberrasenden Polizeiwagen, die in den frühen Morgenstunden auf der Suche nach Beweisen für Betrug und Tücke die Gegend unsicher machten. Sie suchten an den falschen Stellen und zur falschen Tageszeit: Den Betrug trägt man in den Augen, und er wird im vollen Angesicht des Tages begangen. Wegen dieser nächtlichen Überfälle ging Deliwe immer nackt ins Bett, so nackt wie an dem Tag, an dem sie auf die Welt gekommen war. Sie genoss die Überraschung in den Augen der Polizisten. Mit dem Ankleiden ließ sie sich Zeit, die Polizisten brüllten sie an und schimpften sie eine elende, gemeine Frau.

An dem Tag, als Phephelaphi zum ersten Mal Deliwes Haus betrat, war Fumbatha seit einer Woche fort. Von seiner Fürsorge befreit, erfreute sie sich einer unerwarteten, vollkommenen Überraschung. Sie empfand eine Art Ganzheit, eine Erfüllung darin, eine Entscheidung ohne ihn zu treffen. Sie wollte die Musik hören, die bei allen Kwela hieß. Sie hatte Deliwe schon persönlich kennen gelernt, wenn auch nur flüchtig, an den Gemüseständen, und immerhin wohnten sie beide in der Sidojiwe E2. Dass sie sich über den Weg gelaufen waren, war purer Zufall gewesen. Phephelaphi hatte Deliwes laut erhobene Stimme gehört, schroff und bestimmt hatte sie geklungen und keinen Zweifel daran gelassen, dass sie einzig und allein Deliwe gehorchte. Zuerst erblickte Phephelaphi den festen Knoten, der rot in Deliwes Nacken saß. Dann Deliwe, wie sie lachte. Und doch konnte nichts die Skorpione in ihren Augen verbergen. Ihre Stimme wurde grimmig, als sie den Kopf drehte und einen Laut von sich gab, langsam und absichtsvoll. Er barg keinerlei Worte in sich, wies aber bei jedermann alles in die Schranken, was auch nur nach der Andeutung einer von der ihren abweichenden Meinung aussah. Dieser Laut entstand durch das gleichzeitige Einsaugen von Luft zwischen Zunge,

Wange und anderen Körperteilen, und nur Deliwe allein beherrschte ihn. Augenblicklich überkam Phephelaphi das Gefühl, dass mit Deliwe die Sonne aufging und auch wieder sank. Sie bewunderte jedes Wort, das aus ihrem Mund fiel. Sie wollte jedes Wort von ihr aufheben und sich selbst in den Mund stecken. So tief war Phephelaphi verzaubert. Deliwe lachte die Gemüsehändlerinnen aus und sagte, sie seien die faulsten Frauen, die sie je in Afrika gesehen habe. Mit Afrika meinte sie die Sidojiwe E2. Phephelaphi versteckte ihren Korb Tomaten und folgte ihr wie ein ausgehungertes Tier den ganzen Weg zu ihrem Zuhause. Sie hatte Verständnis für Deliwes Ärger, weil das zum Verkauf angebotene Gemüse vertrocknet war.

An jenem Tag wollte Deliwe gerade den Fußboden reinigen und das Haus für ihre Besucher herrichten. Sie fegte Kronkorken hinaus und Fetzen Zeitungspapier. Ein paar gefaltete Zeitungen hob sie auf und verstaute sie zwischen den Seiten einer Bibel. Sie warf die Bibel in den entferntesten Winkel des Raums, als wollte sie diese nie wieder sehen. Phephelaphi war verwundert. Deliwe beachtete sie nicht. Vielmehr griff sie nach einem Sakko, das jemand vergessen hatte, wie sie sagte. Sie hängte es an die hintere Wand, untersuchte aber zuvor eingehend die Taschen. »Ein armer Mann«, meinte sie, indem sie das Sakko in der dunkelsten Ecke des Zimmers verstaute. »Wenn er es nicht innerhalb von zwei Wochen abholt, verkaufe ich es auf dem Markt.«

Phephelaphi versprach wiederzukommen, wenn die Musik spielte. Deliwe lachte. Sie fragte sich, was Fumbatha wohl dazu sagen würde, dass die Frau, über die er wie ein Falke wachte, in ihre *shebeen* kam. Deliwe kannte Fumbatha und ihr war nicht verborgen geblieben, dass er Phephelaphi höher schätzte als jede andere Frau, mit der er bisher zusammen gewesen war. Er behauptete, er habe sie wie einen Fisch aus dem Wasser gezogen, und alles deutete darauf hin, dass dies der Wahrheit entsprach. Phephelaphi hatte nicht den geringsten Makel, und keine andere Frau würde einen an ihr finden, wie sehr sie auch danach suchen mochte, und wenn sie denn einen fände, dann hatte sie ihn ihr aus Bosheit selbst angehängt. Deliwe nahm Phephelaphis Versprechen wiederzukommen nicht ernst.

Obwohl Deliwe neugierig war, was dieses ungleiche Paar und seine Zuneigung zueinander betraf, hielt sie es doch für klüger, nicht Fumbathas Zorn auf sich zu ziehen. Endlich hatte er eine Frau gefunden, die ein einziges Versprechen darstellte, mit festen, runden Brüsten, einer Stimme so wohltuend sanft, dass keine andere Frau ihren Zauber übertreffen und kein anderer Mann ihrem Bitten gegenüber taub bleiben könnte. Fumbatha wäre sicherlich nicht begeistert, wenn Deliwe sich einmischte. Er war ein Mann, der seine eigenen Entscheidungen traf und wenn nötig auch wieder zurücknahm. Doch die Angelegenheit wurde auf andere Weise entschieden, denn Phephelaphi war eine Frau, die ihren Weg selbst bestimmte und Freude daran hatte zu beobachten, wie sich der Himmel über dem Horizont aus einem blassen Morgen in ein strahlendes Blau wandelte. Sie dachte, Deliwe sei wie eine Sonne und sie selbst wie der Himmel über dem Horizont. Deliwe war sich ihrer Anziehungskraft nicht bewusst. Und weil sie auch nicht aufsah, entdeckte sie nicht die Glückseligkeit, die Aufregung, die Freiheit, die ihre Schwingen über Phephelaphis Körper breiteten, während sie dort stand und ihr zuschaute. Ihr fiel nicht auf, dass die Hände, die sie jedem Mann in die Taschen senkte, das Zeichen waren, das Phephelaphi noch gebraucht hatte, um, mit schwindelndem Kopf, sie wieder zu besuchen. Sie hatte Phephelaphis Bedürfnisse wie ihre Entschlossenheit unterschätzt.

Fumbatha kannte Deliwe, mochte sie aber nicht. Er meinte, sie lehre junge Burschen, ihre Sorgen zu vergessen. Er sagte, er hasse ihre Art. Sie sei die Sorte Frau, die einen Mann dazu bringe, auf dem Bauch zu kriechen, als ob er nie auf seinen zwei Beinen gelaufen sei. Ihr gefalle es, einen Mann in die Knie gehen zu sehen. Phephelaphi fragte sich, was Fumbatha damit meinte, und entschloss sich, Deliwe zu besuchen, ohne es Fumbatha zu sagen.

An dem Tag, den sie für den Besuch bei Deliwe ausgewählt hat, zieht sie ihre besten Sachen an und geht vorsichtig die Sidojiwe E2 entlang. Sie hat das Gefühl, als sei dies die längste und finsterste Straße in ganz Makokoba. Sie geht ängstlich vorwärts, die Sterne fallen vom Himmel herab. Sie trägt einen ausgestellten weißen Rock, darunter einen gestärkten Petticoat, den sie in eine Schüssel warmen Zuckerwassers getaucht und dann heiß gebügelt hat, bis er trocken war. Ein weißer Schmetterling, ihre Taille eine eng geschnürte Schleife.

Es erregt sie, so allein durch die Nacht zu Deliwe zu gehen. Phephelaphi hat gewartet, bis es ganz spät geworden ist. Sie kommt sicher an und tritt in eine dichte Rauchwolke, die das Kerzenlicht vergeblich zu durchdringen sucht. Brennende Zigarettenspitzen bilden überall im Raum rote Punkte und folgen den Armbewegungen nach oben und unten. Es herrscht eine entspannte Stimmung, als ob die Besucher noch nie etwas von den Schwierigkeiten in diesem Teil der Welt gehört hätten. Phephelaphi macht ihr Stimmengesumm aus, als sie sich dem Zimmer nähert. Nein, sie spürt die sanften Stimmen wie die Spitze einer Feder, die kreisend über ihre Arme streicht. An diesem seltsam frohen Abend spürt sie alles auf ihrer Haut, auch die Liebkosung der kurzen Akkorde einer Gitarre, die in einer hinteren Ecke gestimmt wird.

Als sie das Zimmer betritt und sich nach Deliwe umsieht, tauchen schemenhaft die Umrisse der Hüte auf, die weiche Linien über die angezogenen Knie zeichnen. Unterhalb der

Krempen, jenseits der Linien oberhalb der Knie sieht sie schmale Hosen, die in der Mitte zu einer scharfen Falte gebügelt sind. Sie möchte sie mit den Fingern berühren. Phephelaphi hat noch niemals etwas so Reinliches gesehen wie die hier versammelten Männer. Ängstlich sieht sie sich erneut nach Deliwe um.

Sie sitzen auf niedrigen Schemeln, die Männer. Jetzt versteht sie, warum Deliwe so einen Wirbel darum macht, ihren Fußboden in strahlenden Glanz zu versetzen. Diese Männer tragen den Stolz an den Fingerspitzen. Sie, Phephelaphi, ist die einzige Fremde hier, und mit einem Mal ist sie nicht mehr völlig sie selbst, nicht bereit für diese Begegnung, mit einem Mal kommen ihr ihre Gefühle zu protzig und unvollkommen vor, ihre Erfahrung dünn wie eine Nadel. Gestern hätte sie zur Welt kommen sollen und nicht heute, nicht in dieser Nacht, mit all den Männern um sie herum. Schlagartig wird sie sich bewusst, dass sie eine Frau ist. Eine Frau in einem Zimmer. Eine einfache Tatsache. Aber die ist ihr völlig neu. Phephelaphi fürchtet sich jetzt mehr, als sie vor der Dunkelheit draußen Angst gehabt hat. Ein Abgrund, und sie steht genau auf der Lippe seines weit geöffneten Mauls. Der Boden unten währt ewig. Der Boden unten ist der feste Fels einer Frau. Sie kann darauf stehen, und deshalb lässt sie sich fallen, so tief sie kann.

Es ist eine Ehre, diesen verwandelten Raum zu betreten. Sogar in der fast vollständigen Dunkelheit vermag sie die Kappe jedes der spitzen Schuhe zu erkennen und fragt sich, wie alle fünf Zehen in so einen eng begrenzten Raum passen können. Alles ist aufregend, der Schuh mit seiner sauberen Spitze, die Hüte mit der sorgfältig aufgerichteten Krempe und unter Hut und Schuhsohle der aufstrebende, raue Ton der Gitarre. Eine einziger rauer Ton. Eine Saite ist gerissen. Phephelaphi sieht noch einmal auf die glänzenden, wippenden Schuhe, die vom Fußboden abgehoben und fein säuberlich auf die Absatzkante gesetzt werden, während das sanfte Licht einer Kerze auf dem polierten Leder glänzt; sieht auf die Schnürsenkel, fest und sauber verknotet. Ihre Augen gewöhnen sich an den Dämmerschein, sie hält inne. Mit unsichtbarer Hand zieht sie einen der weichen Hüte zu sich heran und hält ihn fest, während die Gitarre weiter unter ihrer Haut pocht. Ihre Gedanken wandern umher.

Die Sakkos, welche die Männer tragen, sind lang, reichen bis weit unter die Hüfte. Die Sakkos fallen auf den Fußboden, wo die Kerzen vier saubere Kreise darauf brennen. Sie sieht, wie die Farben sich aufschwingen; das leuchtende Grün, das Türkisblau, das gewalttätige Rot. Der weiße Anzug hat dem Mond allen magischen Schimmer entzogen.

Es trifft sie völlig unvorbereitet. Als die Musik in das Zimmer bricht, fällt sie vor Schreck fast um. Es trifft sie wie ein Hammerschlag; ein gefällter Baum, obwohl der Klang von weit her kommt, von unten, von weit hinter ihren Augen, wo er wie ein Bach versickert. Verwirrt, verwundet hält sie sich an der Tür fest und lauscht, wie der Bach zu einem Fluss anschwillt und jeden Felsbrocken mit sich reißt, jeden fest verankerten Felsen in ihrem Körper. Er hinterlässt einen Tunnel, einen leeren Tunnel, den sie mit weit gespanntem Verlangen füllt. Mit einer Sehnsucht. Sie kann schwimmen, zieht es aber vor, sich ganz nach unten sinken zu lassen und mit ihrem nackten Körper und ihren ausgebreiteten Armen den Grund des Flusses zu berühren.

Sie bleibt an der Tür stehen, zieht sie aber sacht zu, wie den Deckel über eine kostbare Flüssigkeit. Sie beobachtet, wie ein Mann ein glänzendes Instrument von den Knien an die Zunge führt. Anmutig erhebt er sich, seine Schultern fügen die Luft in die Form seines Körpers, sein Sakko fällt gehorsam hinter ihn und schlägt gegen die Kniekehlen. Sauber. Das Tuch ist wie Haut.

Er bereitet sich auf sein Spiel vor. Die Arme erhoben. Die Augen geschlossen. Die beiden Ellbogen, die jeden anderen Gedanken beiseite schieben. Ein Wirbelsturm zärtlicher Töne trifft das Ohr, steigt auf, höher und höher. Das Zimmer wird still wie ein Regenbogen, die Stimmen verstummen, als ob der Mann, der sich aufrichtet, ein Zeichen, einen Befehl gegeben hat. Und wenn seine ordentliche Kleidung ein Ebenmaß zum Ausdruck bringt, so liegt vollkommene Harmonie in seinem Lied – seine Musik hat heilende Kraft.

Er spielt und singt ein klagendes Lied, das keinen Anfang kennt, das einfach da ist und Phephelaphi das Gefühl gibt, sie hätte es schon einmal gehört, sie hätte es gelebt und geatmet. Sie verkriecht sich in einer Zimmerecke, hüllt sich in den Klang und kniet nieder. Das Lied klingt tief wie ein seltsamer Wind, am Anfang fast unhörbar wie trockenes Laub, doch langsam wächst es hoch hinaus, und sie kann die Entfernung überwinden, die es sie zu überwinden bittet, und endlich, bevor das Lied zu Boden sinkt, die Hand berühren, die vom Türrahmen gleitet, sie festhalten.

Sie hebt den schlanken Arm hoch, streckt ihn gegen den oberen Balken des Türrahmens und lässt ihn dort, so lange sie kann, so lange ihr Herz es vermag, bevor das Klopfen in ihrem Herzen eine Höhe erreicht, die sie nicht länger ertragen kann. Sie lässt los, nicht weil sie es will, sondern weil sie muss. Wieder sieht sie, wie die Hand direkt zu Boden fällt, und die Quelle aus Kummer und Elend in ihrem Herzen erfüllt sie mit Verwunderung.

Sie verzeiht Emelda. Sie weiß, wie schwer es ist, Frau zu sein, mit gebrochenen Gliedern zu fliegen. Sie verfehlt sie in einem einsamen Echo, einem Schlag zu nahe am Mark. Sie kennt dieses Lied, kennt jede seiner Berührungen. Sie fragt sich, ob sie nicht eher Gertrude verzeihen müsste als Emelda. Ihr ist nach Lachen zumute, nur ist der Raum so neu für sie; nein, da sitzt irgendwo ein Schmerz, der noch immer ihrer ist ... zwischen der sinkenden Hand und dem Nichtwissen, ob das Blut aus der Wunde sickern wird und wie lange es dauert, bis das Blut aus der Wunde tritt, und sollte sie noch etwas außer dem Arm berühren? Sie hatte dem keinerlei Bedeutung beigemessen. Es war nur, dass das Blut so lange brauchte, das Sterben Wahrheit werden zu lassen. Und hinterher ihre Tränen, die so lange brauchten, hochzusteigen und das Blut Wahrheit werden zu lassen. Keinerlei Sehnsucht da. Überhaupt nicht. Leere in ihr, bis auf die Rinne, die Furche, die Mulde, den grenzenlosen Kanal, den der Fluss vorgefunden hatte. Nur keine Tränen jetzt, nicht bei diesem Klang, der solche leeren und quälenden Räume in ihrer Seele bloßlegt. Emelda finden. Emelda.

Phephelaphi legt ihren rechten Arm über die Brust und unterdrückt den Schmerz. Endlich hat sie Emelda gefunden.

ZEHN

Fumbatha sieht, wie sich der Himmel von der Erde schält; das ist der Abstand zwischen Land und Himmel. Der Hügel ist eine Offenbarung.

Eine Hand schnellt nach vorn und befreit sich von einer schweren Last. Eine andere nimmt die Melodie auf und erweitert sie um ein Wort. Ein unverbrauchtes Wort, eingefügt in ein Lied, macht es ergreifend. Die Geburt eines Wortes sagt mehr als die Geburt eines Kindes.

Sie singen, und Ziegel um Ziegel wuchtet von Hand zu Hand zu Hand. Weitergereicht oder weitergeworfen. Übernommen, getragen und weitergereicht; geworfen, getragen und übergeben.

Fumbatha gehört zu den Männern, die in einer langen Reihe neben dem Lastwagen stehen. Einer hinter dem anderen, bis zu der Stelle, die für den Bau des neuen Hauses ausgewählt und abgesteckt worden ist. Die Baustelle liegt hügelan; die vielen Männer weiter oben sehen wie eine Perlenkette aus, dünn und zerbrechlich, bücken sich nach vorn und langen nach hinten über die Schulter, um die Ziegel anzunehmen. Ihre Köpfe sind eine einzige schnelle Bewegung, jeder streckt unablässig die Arme aus und zieht sie wieder zurück – jeder Ziegel wird mit körperlichem Befremden aufgenommen, weitergetragen in vollendetem Gleichmaß.

Sie singen, wenn ihr schwerer Atem es zulässt. Tonfall und Tonhöhe sind brüchig wie Holzkohle, ihre Kehlen knistern wie brennendes Holz. Ihre Gesichter sind eine Maske für ihre Stimmen. Augenbrauen verschwinden in gerunzelten Stirnen. Arme sind glatt wie polierter Stein, Schweiß perlt über glänzende Haut und die tiefe Senke vom Nacken herab, ein Kanal voll Schweiß. Hohlrücken, der sich krümmt, Fleisch und Knochen, die sich wie Flügel bewegen.

Erledigt wird die Aufgabe durch schnelle Arbeit und wenig Rast, ihre Körper drehen und wirbeln. Schwarzes Holz in einer kreisenden Flut. Gibt es ein Ufer an diesem Fluss, dann ist es nicht Zuflucht, sondern ein Todfeind. Eine unbekannte Besessenheit. Ein Hindernis, gegen das ihre Körper blindlings geworfen werden, wieder und wieder. Holz treibt auf dem Wasser: Hölle in Flammen.

Über den Gestalten der arbeitenden Männer erhebt sich die Grenzlinie aus eng geschlungenem Draht, der das Land in Parzellen teilt. Keine Bäume, nur ein paar verkümmerte Sträucher und Haufen unbehauener grauer, aus der Erde gegrabener Feldsteine. Die Steine nehmen die Hitze in sich auf wie Heizkessel. Auf den Steinen finden sich schillernde Eidechsen ein, flach ausgestreckt wie verletzte Finger, urzeitliche Handabdrücke auf gefleckten Steinen. Bald schon werden die Männer die Steine beiseite räumen, um Platz für die neuen Häuser zu schaffen. Und die Eidechsen, der Wohltat menschlicher Hände nicht sicher, werden ihre friedlichen Schlafstellen der eigenen Sicherheit opfern. Die Welt neigt sich. Die geöffnete Hand wird sich schließen.

Unbemerkt von den Augen. Gefühlt nur. Über den stechenden Himmel hinaus. Höher und höher. Weit später dann traten die Träume weißer Männer an die Stelle der Sträucher und Steine und des leuchtenden Silberhimmels. Und irgendwo jenseits jedes Armschwungs und des schuldigen Einbrechens der Knie, hinter der gemeinsam getragenen Erschütterung, hinter den klagenden Liedern wartet die unverkennbare Schmach der Männer, sickernd wie ein schlammiger Wasserfall.

Befohlen wird, was sie tun sollen, wo sie zu stehen haben. Mit ihren schwieligen Händen formen sie die Zukunft. In

Schubkarren mischen sie Zement und verfugen Ziegel an Ziegel. Der Tag wird an dem Schatten gemessen, den die Mauern werfen. Kühne Bauwerke kommen zum Vorschein.

Gemeinsam mit den anderen trägt Fumbatha Ziegel um Ziegel, aber seine Gedanken schweifen fort, haben den Himmel, der weich und blau über seinen Schultern thront, vergessen. Intensiv denkt er an Phephelaphi. Er muss sie festhalten. Irgendwie. Immer. Er muss dafür sorgen, dass sie sich ihm zugehörig fühlt. Inzwischen versteht er sie besser, und wenn er sie den ganzen Tag sieht, ist er davon überzeugt, dass ihr dieses Leben nicht reicht. »Ich möchte Krankenschwester werden«, sagt sie, »ich bewerbe mich im Krankenhaus.« Sie besitzt alle Abschlüsse, die für die Ausbildung erforderlich sind, und die Albernheit, sich vorzustellen – ohne dass es je einen Beweis dafür gegeben hätte –, ihre Bewerbung könne angenommen werden. Sie behauptet, ein Lehrer von der United School habe ihr einmal gesagt, von Ende 1946 an würden schwarze Bewerberinnen zur Schwesternausbildung zugelassen. Diese Angelegenheit sei sogar im Parlament verhandelt worden.

Fumbatha macht ihr keinen Mut. Im Gegenteil. Er erinnert sie an das, was sie miteinander teilen. »Wir sind doch glücklich miteinander. Ich arbeite. Ich sorge für dich. Du musst dir doch gar nichts suchen.« Er verlangt unerschütterliche Treue. Er hegt Argwohn der Stadt gegenüber, die jenen Erfolg nicht versteht, den Mann und Frau in ihrer einsamen Zweisamkeit finden und teilen können. Begreift denn niemand, dass er bereit wäre, auf Phephelaphis Handfläche zu sterben?

Es ist wichtig, dass sie seine Furcht versteht, begreift, dass es kein Zwang ist. Die United School in der Church Street war 1903 errichtet worden. Im Jahre 1935 war die Schule ein Fels in der Brandung geworden, und du musstest lediglich arm und neugierig sein, um aufgenommen zu werden und etwas lernen zu können. Trotz des Durcheinanders, das in ihrem Leben herrschte, hatte Phephelaphis Mutter darauf geachtet, dass ihre Tochter zur Schule ging. Immer auf dem Sprung und zur Flucht bereit, hatte Gertrude nie in der Sorge nachgelassen, sich alle Auswege offenzuhalten. Sie machte sich keine falsche Hoffnungen über Türen, die sich ihnen öffneten, sie achtete nur darauf, dass die Spitze ihres Schuhs keine Schrammen bekam.

Die United School eröffnete Möglichkeiten und sprach Mut zu. Phephelaphi durchlief sie von Sub A bis Standard Six. Das war das höchste Niveau, das Phephelaphi in der Schule erreichte, und es genügte, um Krankenschwester zu werden.

Dabei zählt nicht so sehr der Abschluss als Krankenschwester, sondern der Fortschritt in der eigenen Entwicklung – der Eintritt in etwas Neues und Unerprobtes. Ihr Herz zergeht in quälerischer Sehnsucht. Sie möchte die Erste sein, die diese Ausbildung antritt, wenn sich ihr die Möglichkeit bietet. »Niemand wird bei mir an die Tür klopfen und bitten, dass ich mich bewerbe«, sagt sie zu Fumbatha, »und wenn wir uns nicht bewerben, woher sollen die Leute dann wissen, dass wir Interesse haben?«, fragt sie.

Endlich böte sich so eine Verwendung für das Wenige, das sie weiß und kann. In einem Gefühlswirbel aus Aufregung und Neugier redet sie voller Optimismus mit Fumbatha, glaubt, dass er sie sofort verstehen wird. Er enttäuscht sie. Fumbatha verbietet es. »Wir haben unser gemeinsames Leben«, sagt er zum wiederholten Male. Sie dreht den Kopf zur Seite und lässt die Arme sinken. Schweigen breitet sich zwischen ihnen aus, eine Stille, von der Phephelaphi hofft, dass sie diese nie wieder mit ihm zusammen durchleiden muss, und von der Fumbatha weiß, dass er sie nie ertragen können wird, ohne zu ersticken. Er möchte sie lieben, ohne dass im Hintergrund eine Gefahr droht. Phephelaphi aber ist in

Makokoba zur Welt gekommen, und ihre Vorstellung von Fortschritt stammt auch von der United School. Daran soll jetzt die Schwesternschule anschließen. Fumbatha fragt sich, ob sie sich bewirbt. Phephelaphi überlegt, ob es ihm gelingen wird, sie daran zu hindern.

Der Himmel gibt ihn frei. Fumbatha hört die Männer neben sich ächzen und richtet seine Aufmerksamkeit wieder auf die Arbeit. Sie werfen die Erinnerung ab wie verfaulte Früchte, während sie das rutschende lose Erdreich berühren, Wurzeln packen und feste Teile, lernen, sich gegen schweigende Felsen zu lehnen, die sie aus der Erde gegraben haben. Sie werden aufgezehrt, geben sich aber nicht auf. Unterwerfung, körperlich, sichtbar, dreht sich um dieselbe Achse wie Widerstand. Beide verfügen über dieselbe Triebkraft, beide enden mit Möglichkeiten: plötzlich, unerwartet. Jede ein Gemütsbewegung.

Diese Achse ist ein Anker, ein Ursprung, doch nicht die eigentliche Gemütsbewegung. Gefühle sind viel fordernder und lassen sich nicht an einen Ort binden; sie verzehren den ganzen Körper. Der Körper gibt nach wie ein Kanu, das in wilden Wassern kentert und dann auf dem Wasser an eine empfängliche Grenze treibt; irgendetwas am Gewicht des Holzes, dem Scheitelpunkt, dem schlanken Fahrzeug und der Position des Gekenterten verhindert das Sinken.

Im Wasser erzeugt ein Ruder, das fest an seinem Platz gehalten wird, eine Strömung, die das Boot in eine andere Richtung schwimmen lässt: die Kraft der Trägheit.

Fumbatha bückt sich, um ein Werkzeug aufzuheben; seine Schultern schwingen, um einen Gegenstand zu werfen; das ist keine Unterwerfung. In der äußersten Einsamkeit seiner Seele, in den Falten der Geschichte, die ihm am liebsten sind, hat sich ein Zorn aufgestaut. Er entlädt sich zur selben Zeit wie die erzwungene Handlung, geht ihr voraus und folgt ihr auf die gleiche vertraute Weise, in der das

Geräusch dem Aufschlag eines Gegenstands auf eine harte Oberfläche folgt. Zwischen dem Geräusch und dem Gegenstand baut sich eine Verbindung auf. Haben wir diesen Aufschlag einmal gehört, erlebt, wie ebendieser Gegenstand auf ebendiese Oberfläche trifft, dann müssen wir den Aufschlag nicht mehr erleben, um das Geräusch mit dem Gegenstand in Verbindung bringen zu können. Die Gemütsbewegung hinter einer Bewegung kann wie dieses Geräusch vorausgeahnt werden; sie kann in einem Augenblick aus der Vergessenheit gerissen werden, wenn die Lider dem Licht nahe sind und der Umriss eines einzelnen Zwischenfalls aufgezeichnet wird. Darin liegt die Vollkommenheit des Gedächtnisses.

Zwei Arme holen aus und stoßen vor. Köpfe neigen sich. Die Muskeln zittern, angespannt vor Feindseligkeit. Es wird etwas freigesetzt, stößt aber mit etwas anderem zusammen, das weniger gehetzt und dem leichter zu verzeihen ist, einem Traum vielleicht. Ein anderes Wort tritt in die Luft und entbindet, was hinter jedem sich bewegenden Arm verborgen liegt, was sich unter der Augenbraue staut. Dieses Wort zieht ein weiteres nach sich, und beide verschmelzen zu Honig. Wir sind hier. Das wird drängend gesagt und voll Weisheit. Wir sind hier. Das Hier und das Jetzt der beiden wird zu Honig.

Sich wiegend und berührend übernimmt jeder Mann das Wort, das der andere ihm dargeboten hat, und jedes Wort hebt den Augenblick. Die Geburt eines Wortes, gewaltsam, stumm. Sie sehen sich gegen eine gegensätzliche Welt geworfen, deshalb stoßen und ziehen sie. In ihren Äußerungen steckt Absicht, in ihrem Schweigen Wahrheit wie in nicht vorhandenem Verlangen. Impotent durch unausgesprochene Wörter, beugen sie sich vor und bücken sich, beugen sich zurück und machen sich krumm. Irgendetwas brennt ihnen auf den Lippen, ja; wie Honig.

Ihre Stimmen verteilen sich gleichmäßig wie Bienengesumm. Die Schaufeln schlagen den Boden, sie graben sich in die Erde und formen ein Gitter. Sie schaufeln, höhlen die Erde aus und singen. Unbeeindruckt halten sie die Augen auf die Schaufeln gerichtet, auf die Ziegelsteine und den Zement, um etwas zu schaffen, das ihnen nicht gehört. Die Zeit hat sie vernichtet. Hat sie ausgerechnet hier abgeladen. An diesem Ort, zu dieser Zeit. Ein Summen wie von Bienen, doch von unterhalb der Pollen, zwischen ihren Füßen. Sie machen Musik.

Sie heilen den Tag und bewegen sich in Übereinstimmung mit jeder Aufgabe. Die Schultern zum Boden gebeugt, aus dem heraus sie die Mauer errichten, bis sie schließlich höher ist als selbst der Größte von ihnen. Ihr Lied steigt höher als alles, was sie gebaut haben, und dazwischen brennt das Gras und bildet am Horizont eine Wolke. Der Boden ist geräumt, und das Land brennt. Dicke schwarze Asche steigt auf und rieselt auf die Männer herunter, deren Hände mit Arbeit gefüllt sind. Ihre Gesichter sind mit dem Gras bedeckt, das jetzt weniger wiegt als Pollen und der Berührung sauberer vorkommt als Wassertropfen. Das ist das Wesen der Wörter, die aufsteigen und niedergehen wie Ruß, der sich leicht auf einen Grashalm setzt, auf die Spitze einer Feder, auf den Scheitel des Zorns.

Am Anfang, am frühen Morgen, tröpfeln ihre Stimmen dahin und halten zusammen wie ein Bach; am Nachmittag klingen sie ähnlich süß, beladen, mit dem Summen der Bienen in sich.

Ihre Stimmen halten zusammen, nähern sich einander, je länger der Tag dauert. Ihre Verweigerung liegt nicht in den Stimmen, ganz und gar nicht in den Stimmen, denn die haben die Eigenart von Körnern, die aus einem Korb rinnen, ein Fallen, das die Spreu vom Korn trennt, die Spreu mit dem Wind verfliegt, die schweren Samen aber sind zum

Bersten voll. Das Geräusch von Samen, die in den Wind fallen.

Gelber Staub überzieht den Horizont mit einem Muster; Vogelschwingen landen auf einem Ast; eine Feder fällt vom Wipfel eines Baums. Das sind Stimmen.

Es ist Abend. Fumbatha bettet seinen Körper auf dem trockenen Boden zur Ruhe.

ELF

Sich selbst finden, darum ging es. Phephelaphi wollte jemand sein. Nicht nur einmal besuchte sie Deliwe, zweimal, dreimal stand sie in ihrem Türrahmen und legte sich, im Zigarettenrauch verweilend, den Arm über die Magengegend, um den klagenden Schmerz zu betäuben, der sich wie ein Frühling dort ausbreitete, weil eine Sehnsucht in ihr brannte. Fumbatha konnte nicht der Beginn oder das Ende ihrer Sehnsüchte sein, des Verlangens, für das sie keinen Namen fand. Keine Kränkung durch einen Mann oder etwas in der Art. Fumbatha fehlte ihr, wenn er fort war, aber dieser Hunger, den sie empfand, war neu für sie. War nicht auf ihrer Haut oder irgendwo sonst, wo sie ihn anfassen konnte. Eher ein Gefühl wie nahende Tränen. Sie wollte etwas unternehmen, wusste aber nicht, was, wusste nicht, welche Gestalt ihre Zukunft annehmen würde.

Diese Sehnsucht konnte sie nicht unterbinden, obwohl sie das strömende Wasser verspürte, als sei sie eine Art Fluss und ihr könnten Fluten geschehen, die ihr Inneres überschwemmten. Verlangen erfüllte sie, denn sie mochte es, wenn das Wasser gegen die Ufer schlug und die Flüssigkeit ihre Arme herunterrann, tropfte, zu den Knien hinab.

Ein Drang. Weil sie nicht wusste, wie sie ihn stillen sollte, ließ sie zu, dass er sich wie ein chronischer Schmerz in ihr ausbreitete. Sie vermisste Gertrude nicht mehr, obwohl sie sich immer nach ihr gesehnt hatte und Gertrude mit einer Endgültigkeit aus ihrem Leben gegangen war, um die Phephelaphi nicht mehr trauern konnte. Sich selbst finden, darum ging es. Gertrude fehlte ihr. Die Art, in der sie ihren Arm hob und den linken Ellbogen an ihr rechtes Ohr führte und horchte. Als Phephelaphi klein gewesen war, hatte sie das immer zum Lachen gebracht. Gertrude lauschte an ihrer Armbeuge, als sei dort eine Botschaft zu vernehmen, und dann forderte sie Phephelaphi auf, selbst an ihrer Armbeuge zu horchen, doch so sehr die sich auch mühte, sie brachte den Arm nicht so weit herum, und darum legte sie Gertrudes Ellbogen an ihr Ohr und lauschte an ihm. Ein Spiel aus der Kinderzeit. Sie hörte das hohle Schlagen der Flügel, hörte den Wind sacht durch die schmalen Knochen wehen. Phephelaphi hatte es auch später nie geschafft, den Arm so weit herumzuziehen. Diese Leichtigkeit war nur Gertrude eigen. Wenn sie etwas konnte, so tat sie es auch. So lachten sie beide und fanden sich damit ab, dass sie waren, wie sie waren.

Gertrude, die ein Kleid besaß, das sie nur anzog, wenn sie in die Stadt wollte, und eins, das sie zu Hause trug, und der diese Unterscheidung wichtig genug war, um das Kleid für die Stadt auf einem Metallbügel an einen Haken ans offene Fenster zu hängen, damit es frische Luft bekam. Ein eng anliegendes Kleid, das ihre ganze Energie sichtbar machte. Sie brauchte nichts anderes als dieses Kleid, damit sich die Nachbarinnen nach ihr umdrehten, sie verfluchten und das Gefühl hatten, ihre Privatsphäre werde verletzt und ihre eigenen Reize würden in Frage gestellt. Mit dem Kleid verbrannte sie Zuversicht zu Asche und ließ die Vögel aus den Hecken auffliegen. Und dann wallte eine funkensprühende, unbekümmerte Wärme aus Gertrudes langen Armen, und die Rundung ihrer Schultern schien das Paradies in den Schatten zu stellen.

Ein blassgrünes Kleid, ausgeblichen unter den Achseln, das wegen seines offensichtlichen Alters um so reizvoller aussah. Kreisförmig breiteten sich die verwaschenen Stellen unter den Achseln aus, sie unternahm nichts dagegen. Die Nähte waren stellenweise lose, das Garn würde bald reißen. Ein breiter Saum, der ihr auf die Knie herabhing wie überreife Früchte, und die Stiche waren so unordentlich gesetzt, dass man sie sehen konnte, obwohl ein Faden im gleichen neidischen Grün wie der Stoff verwendet worden war. Mehr als alles andere brachten die Knöpfe die stieren Blicke der Nachbarinnen zum Schweigen; glitzernde Knöpfe, deren kräftige Farbe hell aufleuchtete, das Sonnenlicht einfing und ihren Körper in zwei strahlende Hälften teilte. Gertrude sah bezaubernd aus, von welcher Seite man ihre ebenmäßige Figur auch betrachtete. Herzzerreißend schön.

Vielleicht hätte Phephelaphi das Kleid aufheben sollen. Vielleicht hätte sie es anprobieren sollen, bevor sie es verbrannte. Dies erschien ihr jedoch wie eine Verwundung, die sie sich unter keinen Umständen zufügen wollte. Sie hatte schon genug zu bedenken, auch ohne noch die Verletzungen einer anderen Frau auf sich zu nehmen. Phephelaphi dachte daran, wie Gertrude spät abends nach Hause gekommen war und sich, noch in jenem Kleid, einfach auf das Bett fallen gelassen hatte. Sie tat das sonst nie, ohne etwas Bequemeres anzuziehen, ließ nicht zu, dass ihr bestes Kleid zerknitterte. Diesmal aber verkündete sie, dass sie müde sei, legte sich hin und schlief ein, ohne sich zuzudecken. Mitten in der Nacht stand sie auf. Immer noch in ihrem besten Kleid, lief sie schlaftrunken auf und ab, scheinbar in Erwartung einer Überraschung. Die großen, grünen Knöpfe in den gehäkelten Knopflöchern reihten sich vom Halsausschnitt bis unter die Knie.

Sogar als nächtlicher Schatten ließ Gertrude Phephelaphi alles andere vergessen. Das lag nicht an dem Kleid, sondern daran, wie sich Gertrude darin bewegte. Vorwärts schwebte, als ob ihr die ganze Jukwa Street gehörte, obwohl niemandem verborgen bleiben konnte, dass sie alles, was sie besaß, bei sich trug. Sie hatte schon ihre Vorzüge. Sie konnte einer anderen Frau einen Blick zuwerfen, der durch seine

Offenheit verblüffte, seinen begnadeten, überlegenen Hochmut, den tödlichen Hinterhalt, den er jedem Wort legte, das jemand zu sagen für nötig hielt. Das war nicht viel, zumindest aber etwas. Niemand überlebte es, wenn Gertrude die Augenbrauen hochzog, die gezierte Falte auf ihrer Stirn erschien, die sie so überlegen aussehen ließ, die fest zusammengepressten Lippen, ihren langsamen und zielbewussten Schritt. Und, natürlich, das vollkommene Wunder, das ihre Figur darstellte. Im Gegensatz zu anderen Frauen hatte sie, um Anmut auszustrahlen, weder Nylonstrümpfe noch hochhackige Schuhe nötig. Weder Puder noch Pond's. Keine Ohrringe, keinen anderen Zierrat. Nur ihren aufreizenden Gang und ihren außergewöhnlichen Körper, der nur ein Kind gestillt hatte und keine Narben fühlte.

Sie hätte das Kleid wenigstens kurze Zeit behalten sollen. Einen Tag nur. Es waren doch nur noch ein paar Tage bis zum Jahr 1946. Warum dann nicht noch eine Woche warten und das Kleid um Mitternacht verbrennen? Zeit hatte sie gehabt. Aber der Polizist hatte sie mit seinem gleichgültigen Ton verwirrt und wie er dastand, als ob er den ganzen Tag Zeit hätte und sie die wichtigste Person auf der Welt wäre, und er hielt seine Mütze in der Hand, als ob sie wirklich bedeutend wäre. Das verunsicherte sie, denn ihr war klar, dass sich alles ganz anders verhielt. Er kannte nicht einmal den Namen ihrer Mutter, woraus er sich nichts machte, fragte auch nicht nach, sondern schrieb auf, was zu der Toten zu passen schien. Phephelaphi wusste nichts über Polizisten, außer dass man nachweislich gut daran tat, sie zu hassen. Wenn sie eine Frage stellten, war es angeraten, ihnen so wenig wie möglich zu sagen. Und wenn sie Hilfe anboten, rannte man am besten davon. Sie hatte keine Ahnung, wie sie sich gegenüber dem Polizisten mit der Mütze in der Hand verhalten sollte, der vor der Tür stand, wo sie noch immer ihre Mutter zu Boden sinken sah, und der eben jenes Kleid in der Hand hielt, das ihre Mutter zuletzt getragen hatte, es ihr gab und wartete, bis sie die Buchstaben auf der Tüte entziffert und in die Tüte geschaut hatte, auf der Emelda stand.

Fumbatha. Sie vermisste ihn, empfand aber grenzenlose Einsamkeit. Neuerdings blieb sie auch dann allein, wenn er ins Zimmer trat. Sie sehnte sich danach, ihm von ihrem Gefühl zu erzählen, hatte aber Angst davor, sehen zu müssen, wie etwas starb, weil sie es umbrachte. Trotzdem, wer könnte sie sein und wie, wo könnte sie sein und welche Flügel würde sie tragen? Sie hatte ein heftiges Verlangen nach etwas, das süßer war als Pfirsiche oder andere ihrer Lieblingsfrüchte, eine Sehnsucht, die sie dazu verführte, Deliwes Türrahmen mit ihren Fingerspitzen abzutasten und den Raum nach dem in der Tiefe vergrabenen Schmerz abzusuchen, von dem sie wusste, dass er da war, in ihr, in dem Jive und der Musik, die sie entdeckt hatte. Dieser anhaltende Schmerz. Wieder spürte sie, dass die Männer sie angesehen hatten, nachdem die Musik verklungen war, ihr Lachen und Hänseln, wie einer sie an sich gezogen, auf seinen Schoß gedrängt und wie eine Feder umgebogen hatte und sie ausgerutscht war. Stumm hatte er sie aufgefangen und freigegeben.

Die Männer hatten gebührlich gelacht, ein Lachen, das ihr nichts ausmachte, da es ein zerbrechliches Gleichgewicht zwischen den Dingen zu errichten suchte. So glaubte sie zumindest. Sie redeten bis tief in die Nacht über Musik und über die Goldbergwerke jenseits des Limpopo River, in die manche von ihnen eingefahren waren. Die Erinnerung daran funkelte in ihren Seelen, und sie sprachen mit unterschiedlichen Akzenten, die sie, ohne zu ertrinken, vom jenseitigen Flussufer herübergebracht hatten. Und von Bergen erzählten sie, mit einer Luft, so kalt, dass sie sich in Stein verwandelte. Die geronnene Luft war vom Fuß der Berge aus zu sehen, eine weiße Wolke, die sich über den Himmel dehnte. Das war schön und ließ sie ein heiliges Lied anstimmen, denn sie wussten, dass sie außer Sternschnuppen niemals etwas annähernd Erhabenes zu Gesicht bekommen hätten, wären sie nicht über den Limpopo hinaus in das ferne Land gezogen.

Sie glaubte nichts von dem, was sie erzählten, selbst dann nicht, als sie ihr die Bergwerke beschrieben, die Höhlen, in die sie tagelang, wochenlang, versenkt worden waren. Dort gruben sie, hörten die Züge fahren und sangen im Einklang mit ihrem Arbeitsrhythmus, so dass ihre Arme stark wie Stahl wurden und schnell wie das Licht, nach vorn wuchteten und nach hinten schwangen und wieder zurück.

Die Männer lobten ihre Reize, sagten ihr, sie sei wie eine Wasserlilie, die in einem Teich blühte, in dem die Sonne ihr Bad nahm. Der Vergleich machte ihr nichts aus, weckte aber ihre Neugier, denn sie hatte noch nie eine im Wasser blühende Blume gesehen. Sie kannte ja nur den Umguza River, keinesfalls den Limpopo mit seinen Wasserfällen, von dem die Männer mit solcher Begeisterung gesprochen hatten. Und sie, sie war eine Blume, die im Wasser blühte. Verwirrt hörte sie zu, wie sie ihr ein jedes ihrer Blütenblätter beschrieben, ein strahlendes Gelb, das im Innern in ein sattes Gold überging. Blütenblätter, die sich morgens mit der Sonne öffneten und zur Nacht wieder schlossen. Sie lachte, um zu zeigen, dass sie nichts davon ernst nahm. Die Männer erwiderten, ihr Lachen erinnere an die Flügel einer Taube, und sie konnte sich nicht vorstellen, wieso, und sie sei schüchtern wie eine Sonnenblume, die ihr Haupt neigt. Sie blickte zu ihnen hoch und sah die Sonnenblumen. Es lag ein Zauber darüber, zusammen mit diesen Männern in diesem Zimmer zu sein, mit Männern, die anderes gesehen und erlebt hatten als flaches Land und Dornbüsche. Sie redeten nur, weil sie sich als Männer verpflichtet fühlten, etwas zu sagen, das sie dazu brachte, ihre Verpflichtung zum Frausein zu empfinden. Sie empfand mehr als das. Sie wollte mehr als nur eine Verpflichtung, mehr als nur eine flüchtige Erregung inmitten fremder Männer mit betörenden Zungen und koketter Einigkeit. Sie wünschte sich eine Geburt aus sich selbst heraus.

Der Mann im grünen Anzug meinte, eine Frau sei dazu da, geliebt zu werden. Wer eine Frau genügend liebe, dem werde sie ihr Herz öffnen. Das sei die wunderbarste Frau, die man sich vorstellen könne, eine Frau, die zärtlich geliebt werde. Eine solche Frau sei die treueste, die man sich vorstellen könne, und ein Mann führe dann ein glückliches Leben. Er blickte sie unverwandt an und sprach nur zu ihr. Sie schaute weg. Sie wollte laut ihre Stimme erheben und sagen, dass es sich überhaupt nicht so verhalte, sondern dass eine Frau sich zunächst selbst lieben müsse. Eine solche Frau sei die wunderbarste Frau, die man sich vorstellen könne. Sie war davon überzeugt, konnte es aber nicht sagen. Sie schwieg, weil eines sie dabei nach wie vor verunsicherte, nämlich die Frage, die sie noch immer nicht beantworten konnte: wie eine Frau das bewerkstelligen sollte, wie sie ihre eigenen Knie lieben sollte und ihre eigenen Ellbogen küssen, wie sie das Gefühl aufbringen könnte, sie sei der einzige Lufthauch, den es gab, und alle Morgen, die anbrachen, und alle Liebe, die überhaupt nur möglich war. Und erst danach auf die Suche gehen nach dem, was vielleicht nur jemand anders bieten konnte, und einen Mann zu lieben, einfach weil sie dazu imstande war, weil etwas in ihm ihr Herz höher schlagen ließ und, ja, ihre Knie weich wurden im Fluss seiner zärtlichen Liebkosung. Sich selbst finden, darum ging es. Sie hatte keine Ahnung, was alles damit zusammenhing.

Erst wenn sie sich selbst gefunden hätte, erst dann könnte sie einen Mann ansehen, ohne ins Bodenlose zu fallen oder Zuflucht in seinen Augen zu suchen, erst dann könnte sie mit ihm zusammen sein, ohne wie ein vertrocknetes Blütenblatt zu verbrennen, wie sie verbrannte, weil ein Mann sie liebte, und sie sich in einem Sturm gefangen fühlte und unterging, obwohl sie ihn aufrichtig liebte. Sie wünschte sich andere Voraussetzungen dafür, seine Gegenwart zu vermissen. Es ging darum, dass sie ihre Augenbrauen mochte, bevor er mit seinen Fingern darüber fuhr und ihr zeigte, dass ihr Lächeln in den Mundwinkeln zu Hause war, bevor er sagte, dass ihre Augenbrauen zusammenzog, wenn sie lachte, bevor er ihr die Glattheit ihrer Arme wie ein Geschenk darbrachte und ihr die geraden, ranken Hüften, die ihr doch schon gehörten, schenkte und zu den ihren werden ließ. Sie wünschte sich die Zeit vor dieser Zeit wundersamer Ansprüche eines anderen, bevor ihre Beine sich leer und nutzlos anfühlten, solange er nicht zwischen ihnen lag, die Zeit vor all dem. Sie wollte das Gefühl des Einsseins mit sich vor dem Gefühl des Einsseins mit einem anderen Menschen, wollte sie selbst sein, weil sie eine Blume war, die in dem grünen Teich blühte, wollte in der Lage sein, diese Blume, die sie selbst war, aus dem Wasser zu pflücken, bevor er seinen starken Arm ausstreckte, all das für sie tat und sie sich leer vorkam und erwartet. Sie wollte nicht, dass ein Mann über den Limpopo ging und mit ihrem grünen Teich und ihrer Blume nach Hause zurückkehrte, ihr die Blütenblätter abpflückte und ihren grünen Stiel brach. Und wenn sie eine Blume war und das ganze Wasser verdunstete und er den Garten nicht wässerte, was würde dann geschehen, denn sie wusste doch nichts von all dem, sie wusste nicht einmal, was für eine Blume sie war, nur dass sie eine Art Wasserpflanze war, von der ihr ein Fremder erzählt hatte nach seiner langen Reise zwischen Zwillingshügeln hindurch in eine Ferne, in die sie noch nicht gekommen war. Hier war ein trockenes Land, das wusste sie. Sie musste finden, was sie konnte, hier in diesem Land, in diesem Körper. Sie öffnete die Hand und suchte. Ein Blütenblatt. Begraben im Wasser. Sie hielt den Atem an und schwamm an das Ufer. Das konnte sie und tat es.

Phephelaphi wusste nicht, wie sie dem Mann im grünen Anzug all ihre Wünsche erklären sollte, deshalb antwortete sie nicht, hielt statt dessen inne. Sie hörte zu, blieb still, sah das Gold und die wogenden Zwillingshügel mit einem Tal dazwischen, zerfurcht, nass von Neugeborenem. Sie fragte sich, wie sie bei einem Baum anstelle der Äste die Wurzeln finden und, wie diese Männer, den Limpopo überqueren könne, um eine leuchtende Erinnerung wiederzugewinnen. Wie nahm eine Frau ein Stück von der Zeit für sich in Anspruch und brachte sie zum Glühen? Wie kann eine Blume erblühen, wenn sie im Wasser begraben ist? Wie sollte sie die Züge hören, wenn sie sich nicht auf der Suche nach echtem Gold in die Erde grub?

ZWÖLF

Der Raum, den Fumbatha und Phephelaphi miteinander teilen, befindet sich in den Häusern an der Sidojiwe E2, die aus Asbestplatten errichtet worden sind. Alle fünf Wände, einschließlich des Dachs. Schuppen sind das. Das Leben besteht darin, alles in Ordnung und den Verstand beieinander zu halten, weil man so viel Leben bewältigen muss. Ein Zimmer. Vier Ecken. Die Wände sind Grenzen. Ein Zufluchtsort, an dem ein Mensch nackt sein kann, ohne sich schämen zu müssen, und den anderen gern berührt, geschützt vor der offensichtlichen Allgegenwart neugieriger und Anteil nehmender Augen. An den Wänden sind Metallhaken angebracht, an denen eine auf links gedrehte Hose hängt, die Taschen flach und durchsichtig. Auch ein zerrissenes Unterhemd. Ein Stapel Laken in einer Ecke. Auf einem mit alten Nummern des *Bulawayo Chronicle* ausgelegten Holzgestell stehen ein paar Küchenutensilien. Der feuchte Geruch abgetragener Schuhe erfüllt den Raum. Ein Nachttopf. Schmelzende Kerzen und abgebrannte Streichhölzer auf einem hölzernen Tablett. Eierschalen.

Fumbatha hat dort, wo die Wände zusammenstoßen und Öffnungen aus Tageslicht freilassen, ein altes, zerknittertes Stück Stoff in die Spalten gestopft. Das Tuch wehrt ein paar Sonnenstrahlen ab, die jetzt über den verschlossenen Teil des Spalts klettern müssen, bevor sie in das Zimmer einfallen können. Am späten Nachmittag ist die Dunkelheit so tief wie Verzweiflung. Das Dach wird von dickem, gebogenem Draht niedergehalten, der an den Wänden befestigt ist, und von schweren roten Ziegeln, die wie Anker auf ihm liegen. Die Wände knarren im Wind und lehnen sich zur

Seite, als hätten sie alle Hoffnung fahren lassen. Aber sie bleiben stehen. Abgestützt von nichts mehr als dem vergänglichen Willen der Bewohner, wagen sie es nicht, zu Boden zu sinken.

Phephelaphi und Fumbatha haben gemeinsam Bilder an die Wände geheftet, die zumeist aus alten Zeitschriften stammen. So hängen in ihrem Zimmer, sorgfältig ausgewählt, Bilder, die ihrem Leben mehr Inhalt verleihen sollen, in der Dunkelheit aber nicht zu erkennen sind. Eine neu gegründete Fußballmannschaft hat sich neben einem von der *Matabeleland Entertainment Society* gestifteten Torpfosten aufgebaut. Einen schwarzen und einen weißen Fußball zu Füßen. Eine Mädchengruppe in kurzen Röcken, mit Afro-Perücken und den gleichen Sonnenbrillen, starrt in die Kamera, jedes mit dem gleichen schiefen Lächeln, dem gleichen wissenden Blick und keinerlei Zweifel in den Augen, jedes mit engem Oberteil und funkelnder Silberkette, die in die verborgenen Spalten ihrer Blusen baumelt, als künde sie von einem überwältigenden Wunder. Das Gemälde eines Schiffs, von dem eine Gestalt mit gefesselten Händen in den Ozean springt; darunter steht: Ein Meuterer ... Hier zu leben hatte etwas mit Ernte zu tun, mit einer Reise, die man unternahm, bevor die Zeit ihr Versprechen erfüllte, hatte damit zu tun, Samen im Wasser keimen zu lassen.

In ein paar Häusern stehen jetzt richtige Herde aus Eisen, so dass die Besitzer sich ihre Mahlzeiten drinnen zubereiten können. Die Herde haben Backröhren, aus denen, nachdem man sie angeheizt hat, der Geruch backenden Brots in Schwaden durch das Zimmer strömt. Gewöhnlich nistet in jedem dieser Schuppenzimmer ein Feuer. Es speit Rauch, der sich auf die Wände legt, eine zähe, rußige Paste, die die Bewohner mit den Fingern vom Asbest wischen können.

Fumbatha und Phephelaphi wird eine unverhoffte Freude zuteil, als sie eines Abends Hand in Hand die Sidojiwe E2 hinunterspazieren und von Gesang auf der anderen Straßenseite angezogen werden. Dort hat sich eine Anzahl Leute eingefunden. Als sie wie jetzt Fumbatha und Phephelaphi die Straße entlanggingen, hatten sie gehört, wie ein Lied die Nacht von ihren Sorgen erlöste und das Herz frei machte, und fühlten sich eingeladen, mit ihren Stimmen den Gesang zu verstärken. Fumbatha und Phephelaphi tun desgleichen, glücklich darüber, bei etwas Spontanem dabei zu sein, bei etwas, das so frei ist wie die Nacht.

Auch sie finden sich in den kleinen Räumen ein, in denen es kein Licht gibt, und singen bis weit nach Mitternacht davon, wie tief der Fluss ist, mit welcher Langsamkeit die Hand dich ergreift, die verhindern will, dass du fällst. Aus welch friedlichen Orten sie gekommen sind und dass eine Trennung weniger schmerzt, wenn eine Liebe abhanden kam, weil das Leben so schwierig zu bewältigen ist, weil eine andere, wahrhaftigere Liebe sich ergab, eine wunderbare Liebe, die du hingehalten hast, nun aber nicht länger unerwidert lassen darfst und pflegen musst. Sie singen vom schnellen Vergeben künftigen Unrechts, von dem du noch nichts weißt, und warum solltest du nicht jetzt darüber traurig sein und es als erledigt ansehen. Von Fremden, denen du im grauen Licht der Straßenlaternen einen Segen zuflüstern kannst, von einem zerdrückten schwarzen Hut, dem jemand in der Mittagssonne an die Krempe tippt, von Zugpfeifen, die sich hoch in den Himmel erheben, von einem langen Stiel eines Topfes, der mit langem, weitem Ärmel gehalten wird, von einem Feuer, an dem die Frauen kochen und hocken, von Gelächter, das durch unbeleuchtete Gassen torkelt, Fahrradrädern, die über Straßengräben rollen, die seit langem nicht mehr gereinigt wurden und voller abgebrochener Nadeln aus verrosteten Nähmaschinen, abgenutzter Rasiermesser und Splitter lebensgroßer Spiegel sind.

Zerbrochenen Scheren mit Plastikgriffen, mit denen man nichts anderes mehr anfangen kann, als zwei Finger in die Griffe zu stecken und den Daumen nach unten zu drücken, um das Gelenk zu prüfen, das quietschende, rostige Geräusch, das bei diesem Gleiten von Metall auf Metall entsteht und etwas Größeres in sich birgt; ein Zug hält und Dampf steigt auf wie eine ruhige Wolke. Weggeworfene Scheren mit zwei abgebrochenen Enden. Wo sind die Spitzen der Schere geblieben, wann sind sie abgebrochen und warum? Irgendwie müssen die Menschen sich an zu vieles erinnern.

Während die Musik erklingt, kommt es Fumbatha vor, als sei sein Gedächtnis wie eine verebbende Welle weit unter die Hüften gerutscht und nur der Laut der Dampfpfeifen steige, freier noch als die Vögel, hinauf in den Himmel. Er schmiegt sich fest an Phephelaphi, verschränkt seine Hände in ihren, und indem die Leute weitersingen, verschmelzen ihre Stimmen mit fernen und unmittelbaren Bedürfnissen, an die sie im einen Augenblick denken und im nächsten nicht mehr. Sie singen von himmlischen, in flirrenden Dunst getauchten Hügeln, von Bergen mit gezackten Gipfeln, deren Spitzen nur die Tauben erblickt und mit Erinnerung berührt haben, von Hängen voller Spinnweben, die sich über Meilen dahinziehen und in Sonnen des Morgens, des Mittags, der Mondnacht glitzern, die alle Farben des Regenbogens versprühen, und schließlich von den Flüsterstimmen der Schmetterlinge. Er hält sie sicher und fest.

Schmetterlingstäler, die sanft in eine blühende Wildnis übergehen, in der alles dauert, wächst und in Tau getaucht wird, in der ein Blätterschwarm zarte Adern in den Wind wirft und ein Vogelchor im Horizont einer untergehenden Sonne versinkt. Zauberhafte blaue Flügel wie ein Morgen aus Azur, die auf und nieder schlagen und davonflattern. Unhörbar vergeht die Zeit.

Fumbatha und Phephelaphi sehnen sich nach einer Unschuld, die sie berühren können; Füße schwingen sanft über den Boden, folgen den Melodien der Gitarre und einer herzzerreißend klagenden Flöte hinten im Raum, die Erinnerung und stolze Liebe weit hinter sich lassen. Sie tanzen mit einer Freude, die vollkommen frei und ungebunden ist, die kein anderes Bedürfnis kennt als die reine Lebenswahrheit, das Nicht-hier-Sein an diesem Ort hier. Sie sind sich ihres Verlangens gewiss. Fumbatha und Phephelaphi tanzen in vollkommenem Gleichklang, sie schwingen zur Seite und nach vorn, erlauben ihrem Schmerz sich zu entfalten, schauen flüsternd zu, wie die Männer Handfläche gegen Handfläche und nackte Schenkel klatschen.

Das Zimmer kocht über. Fumbatha und Phephelaphi treten zurück an die Wand.

Zwei gewandte Tänzerinnen lüpfen ihre weißen Baumwollröcke mit blauen Punkten und ziehen sie hoch bis zu ihren wiegenden Hüften, die auf die Musik prallen, gerundete, sich drehende Hüften; der schlanke Körper erbebt, schwingt hin und her; der Hals ist eine von fließendem Licht umgossene Säule; die Augen schließen sich in einer freien Liebkosung, einer Beschwörung, wartende Lippen zittern im Verlangen nach ungeborenen Augenblicken. Die Musik dringt in sie wie ein Traum, zu wahr, als dass man sich ihm hingeben könnte, deshalb geben sie sich ihm hin, geben sich ihm hin voll Hoffnung, mit wirbelnden hochgezogenen Röcken und knisternden Achselhöhlen, die Hacken nach außen gedreht, kreisen, werfen sich in schwindelnden Schritten vorwärts und rückwärts, springen hoch und landen dumpf auf dem Boden. Der Aufprall übertönt die Musik, die ihnen die Knie nach vorn einknicken lässt und die Oberkörper nach unten drückt, als wollten sie kriechen, den Kopf hoch erhoben, den Körper aufgerichtet und dann langsam gesenkt, die Waden gebeugt, der

Boden zu nah, die Harmonie unerträglich schön, der Boden zu einladend, und so treibt die Musik sie wieder in die Höhe, reißt sie zur Seite, schwillt zu ungeahnter Höhe, in der alles tiefes Wasser ist, klar und sauber. Die Schulter legt sich nach vorn, hin zur Partnerin in diesem Tanz, eine Frau und eine andere, die linke Schulter berührt eine weitere, die Kette wächst in den Raum hinein. Schulter an Schulter.

Ein Zimmer. Die Zahl der Menschen so groß, dass es fast aus den Nähten platzt. Phephelaphi kommt es vor, als wachse das Dach immer weiter nach oben. Der Boden grundlos. Sie erträgt die lange Pause, in der die Schläfen pochen und jeder Schritt von neuem erwägt und darauf ausgerichtet wird, einer Sternschnuppe zu begegnen. Mit einem Mal bricht die Melodie ab, die Röcke fallen herab und werfen eine Vielzahl blauer Punkte nach außen. Die Arme sind wieder frei, können klatschen oder schnippen oder einfach nur sein. Arme baumeln pulsierend zum Boden herab, nur die Finger verursachen ein Geräusch. Das Lied endet mit Lachen und froher Ruhe, die Tänzerinnen ziehen sich in eine Zimmerecke zurück.

Die Frauen singen in der Sprache ihrer Körper lockend fröhliche Lieder, welche die Luft mit einem anzüglichen, tröstlichen Beben erhitzen. Sie halten ihre Hände vor die Stirn, auf die den ganzen Nachmittag die Sonne herabgebrannt hat wie auf ein gespanntes Trommelfell. In ihrer Sehnsucht nach der Annehmlichkeit der Nacht und der Vergebung durch die Sterne übernehmen ihre Lippen die Lieder der Gitarre, deren Saiten schnalzen, deren Rhythmus wahrhaftig ist.

Fumbatha und Phephelaphi gehen hinaus und hören von dort weiter zu, wie sich Lied um Lied aus einer abgenutzten, selbst gebauten Gitarre schraubt. Eine Saite ist gerissen.

Den gestrigen Tag vermissen sie bereits wie einen neu entdeckten Schmerz.

DREIZEHN

Wie ein Adler schwebte Zandile in Phephelaphis Zimmer. Sie trug die orangefarbene Handtasche, die sie immer bei sich hatte, und wedelte mit einem Glättkamm für die Haare, einem mit hölzernem Griff, den du in die Flammen des Paraffinherdes legst, bis die Metallzinken heiß sind, mit dem du dann die Haare mit Vaseline glättest und auskämmst, bis es nach verbranntem Haar riecht. Danach ist das Haar glatt wie Katzenhaut. Zandile hatte sich den Kamm gerade von einer Freundin geborgt, und während sie an jenem klaren Samstagmorgen auf dem Weg nach Hause war, war eine unbestimmte Zärtlichkeit in ihr aufgestiegen und hatte sie wie feiner Staub in der Kehle gekratzt.

Mitten im Auge eines plötzlichen Wirbelwinds, der in ihrem Blick tanzte, kam sie zum Stillstand. Ihr Vorstellungsvermögen war nur einen Moment getrübt, dann konnte sie wieder richtig sehen, und ihre Entscheidung war getroffen, dort, auf der Elangeni Street, der kürzesten Straße in Makokoba, in der nur ein einziges Haus stand. Dieses Haus sprang wie eine Kurve zwischen dem Ende der Q Street und dem unteren Teil der Sidojiwe E2 hervor und gehörte zu keiner der beiden Straßen. Es war gebaut worden, weil dort ein Stück freies Land gewesen war, das man nicht brachliegen lassen konnte. Genau vor diesem einsamen Haus mit dem niedrigen Dach und dem Zitronenhimmel darüber und zwei Stimmen, die miteinander streitend höher als Rauch aufstiegen, hatte etwas in ihr Gertrude gesagt. Augenblicklich hatte sie auf dem Absatz kehrtgemacht, war den ganzen Weg zurück zum Q Square gelaufen, hatte ihn der Länge nach überquert, war an der Q19 vorbeigelaufen, wo, wie sie wusste, eine Frau gestorben war, weil ein Mann sie abgewiesen hatte.

Ein Mann, den sie gern gehabt hatte, hatte ihr Lächeln nicht erwidert, hatte nicht die pulsierende, empfindsame Stelle an ihrem Handgelenk berührt, wie sie ihn gebeten hatte, war eines Nachts nicht nach Hause gekommen und auch nicht in den vielen darauf folgenden Nächten. Es war zu einfach, ein viel zu offensichtlicher Fehler, als dass sie ihn verstehen konnte, und mit Sicherheit mehr, als ihr Taubenherz ertragen mochte. Durch ihre beste Freundin wurde bekannt, dass sie eine Nähnadel geschluckt hatte, bevor sie zu Bett gegangen war, gute fünf Zentimeter lang, und sie mit Wasser hinuntergespült hatte. Sie hatte den Faden im Öhr gelassen, und er hing ihr dann aus dem Mund. Alle, die den Leichnam gesehen hatten, meinten, ein schönerer Anblick wäre gewesen, wenn man das unglückselige Stück Faden hinter die toten Lippen der Frau gesteckt hätte, bevor man sie zu Grabe trug.

Zandile lief an dieser Erinnerung vorüber und vorbei an dem halb fertigen Gebäude, das nach seiner Vollendung Success Store hätte heißen sollen, doch schon bald nach der Grundsteinlegung aufgegeben worden war. Mit dem Laden hätten die ersten schwarzen Geschäftsleute in Makokoba eine Chance gehabt. Der Bau war Mitte 1942 unterbrochen worden, als man eben diese schwarzen Männer aufforderte, sich freiwillig bei der Armee zu melden und in einen Krieg zu ziehen, über den sie nichts wussten, wo sie gegen Deutsche und Italiener kämpfen sollten. Manche waren auch in Burma gelandet. Die Zeiten waren nicht danach, schwarzen Geschäftsleuten Zerstreuung zu gestatten.

Die Männer kehrten zurück. Ein paar zumindest. Als Soldaten, nicht als Helden. Blind vor Misstrauen und unter dem Schock einer offensichtlichen Niederlage, die allein zu ihren Erfahrungen gehörte. Nach 1945 irrten sie mit glasigen Augen auf den Straßen Makokobas umher, von den Ereignissen des Krieges verwirrt. Nicht im Mindesten ordentliche Bürger Südrhodesiens. Ohne das Recht, die Regierung zu wählen, erlebten sie den ersten Eisenbahnerstreik und fragten sich, wie geschwind sie dem Stolz nachgeben sollten, der sich in ihnen regte: bessere Löhne und, vielleicht, die Möglichkeit zum Neuanfang. Ob sie auf den Bürgersteigen gehen dürften oder nicht, war noch immer Gegenstand der Auseinandersetzung. Es war wichtiger, dass cremefarbene, plissierte Sonnenschirme spazieren getragen wurden und dass mit teuren, gerafften Satinschleppen ausstaffierte Mieder die Herrschaft ausübten. Hauben und Verneigungen zudem. Spazierstöcke. Zylinder und Rockschöße. Arm in Arm. Und Schwindler, wenn sich die Gelegenheit bot.

Sie durften noch immer nicht auf dem Bürgersteig gehen. Doch sie wunderten sich nicht mehr darüber, sondern schmiedeten eigene Pläne, die sie mit Eifer verfolgten. Dadurch, durch eine erneute Demütigung und Einsicht, strebten sie danach, gehört zu werden. Schließlich waren sie die Mehrheit. Und wenn man jedem zuhörte, dann konnte man auch jeden hören. Die Frage, die sie beantwortet haben wollten, war viel drängender und strittiger. Es ging nicht um Zahlen, das war einfach zu klären. Es ging darum, Mensch zu sein.

Auf dem verlassenen Ladenfundament verkündete ein großes, auf zwei Pfosten gestelltes Brett noch immer: Success Store. Es stand schon über ein ganzes Jahr da, deshalb achtete niemand mehr darauf. Zandile schwenkte nach links in die Thandanani Street. An der Nummer 72 beschleunigte sie ihre Schritte. Hier wusste sie von einer Frau, die von ihrem Mann im Austausch für das Rad eines Fahrrades verkauft worden war, sich aber geweigert hatte auszuziehen und stattdessen, splitterfasernackt, völlig unbekleidet, auf das Asbestdach geklettert war und unmissverständlich verkündet hatte, dass ihr zwei Räder lieber seien als eins und wenn jemand ihrem Mann zwei Räder geben könne, dann würde sie nicht nur das Hausdach verlassen, sondern obendrein auch die Dummheit ihres Mannes. Diese Frau aus der Thandanani 72 saß zu jeder Tageszeit draußen und strickte, was immer es zu stricken gab. Neben ihr brannte ständig eine Kerze, ob es nun Morgen war oder Abend. Zandile ging an dem kerzenbeschienenen Haus vorbei und bog nach links in die L Road ein. Ihr Schritt wurde langsamer. Sie blieb stehen und summte das wundervolle Lied, in dem besungen wurde, dass es in Makokoba nun genug Mädchen gebe, die auf Namen hörten wie Dinah ... Melody ... Martha ... Eukaria ... Memory ... Bella ... Jane und... Julie.

Was war aus Gugulethu ... aus Ntombenhle ... aus Zanele ... aus Ntombiyethemba ... Nkosinomusa ... Thnadolwenkosi ... Nkazan und Bathabile geworden ..., jenen bescheidenen Mädchen, die als Erste nach Makokoba gekommen waren, lange vor 1930, lange bevor Busfahrschein und Sunlight-Seife Einzug hielten, die mit dem klar umrissenen Ziel hierher gekommen waren, dem fortwährenden Verlust ihrer Männer ein Ende zu setzen. Jene Frauen, die in Haaren und Augenbrauen den ländlichen Geruch nach Feuerstellen und brennendem Holz mitbrachten, die von dem bittersüßen Geschmack eingedickter saurer Milch wussten, die den üppigen Geschmack der Wassermelonen mochten, mit dem roten Fruchtfleisch und den glitschigen schwarzen Samen, woraus man den Saft saugte, um sie dann mit der Zunge möglichst weit wegzuschnippen. Jene Frauen, die unter ihren Armen ein paar Stengel getrockneten, süßen Rohrs mitbrachten, dessen Geruch und Geschmack so lange im Mund anhält, wie man kein Wasser trinkt. Und so tranken die Männer auch kein Wasser, kauten das süße Rohr und hatten tagelang durstige Stimmen, fanden Gefallen an der

Verquickung des süßen Rohrs mit dem sich türmenden, tiefen, quälenden Durst, hielten so lange wie möglich aus und fragten sich, wann sie endlich wieder getrocknetes, süßes Rohr von der letzten Ernte kosten könnten.

Jene Mädchen, die Namen hatten wie Simangele ... Sizalelaphi ... Ntombemhlophe ... Siphetheni ..., konnten das Auge eines Mannes wahrhaftig heilen, seine Schenkel mürbe machen und zu zeitweisem Rückzug bereit. Zandile sang das Lied von den Mädchen, die Mary hießen ... Liberty hießen ... Gail hießen ..., nicht weiter, spürte wieder den Verlust, den sie seit Gertrudes Tod empfand und der nun bewirkte, dass sie bei Phephelaphi im Türrahmen stand, den Kamm wie eine Drohung schwenkend, Phephelaphi nicht einmal ansah, sondern fragte, ob sie einen Ort brauche, an dem sie bleiben könne, bis sie allein zurechtkommen würde. Nun, zumindest anbieten musste sie es, denn immerhin waren Gertrude und sie einen langen Weg gemeinsam gegangen. Phephelaphi wusste nicht, warum, doch als sie zusagte, war Zandile erleichtert und nahm sie auf wie ein unerwartetes Geschenk.

Es gab genug Mädchen in Makokoba, und doch stellte sich die Frage, was mit jenen geschehen war, die Namen trugen wie Thandiwe ... Lungile ... Ndanthando ... Nomasiko ... Sithandazile ... Thokozile ... und Ntando. Das waren Mädchen mit strahlenden Augen, sanft wie der Sonnenaufgang und viel ausgeglichener als ein stetiger Wind. Mit leisem und friedlichem Tonfall. Mit ruhigen Stimmen, die einen Mann dazu brachten, dass er sich einfach gut fühlte, und wenn sie sich ihm gegenüber schüchtern gaben, kam er sich stark vor. Wenn sie mit ihren milchweißen Augen zu ihm aufsahen und ihn anlächelten, tat sich die Erde auf und er versank, sank in ihre Arme. Jene Mädchen waren alles andere als verschwunden. Sie hatten inzwischen nur ihre Liebe zu wippenden Handtaschen entdeckt, eine Sonnenhutliebe, eine Sonnenbrillenliebe, überhaupt eine Art Sonnenscheinliebe, die schneller ausbrannte als die Hoffnung. Jene Frauen hatten vergessen, warum ein Mann ihre Fußstapfen auf dem Boden anbetete. Und natürlich, wenn sie ihn nahe zu sich heranrief und ihm etwas völlig Sinnloses zuflüsterte, das er nicht ergründen konnte, sich aber auch nicht nachzufragen traute, dann kniete er neben ihr, wohl wissend, dass kein Unheil in ihrer Umarmung und ihrem beständigen Wispern lag. Sie flüsterte, forderte ihn ganz für sich. Solche Augenblicke hatte es gegeben.

Den ganzen Weg zurück summte Zandile ein Lied, welches davon sang, dass in Makokoba ausreichend Männer wohnten, die Namen hatten wie Gilbert ... Stanley ... und Joe. Was war aus Vulindlela und Zibusiso geworden? Jenen Jungen mit Spitzen trockenen Grases im Haar, die wussten, wie man eine Frau festhielt, bis alle Wut, alle Liebe aus ihren wiegenden, schwingenden, wunderbaren Hüften floss. Jenen Jungen, die wussten, dass sie jeden Knochen im Körper einer Frau nehmen konnten, einen nach dem anderen, von Schlüsselbein zu Schlüsselbein, und ein wunderbares und leichtes Lied darauf blasen.

Jetzt verkaufte Zandile in einem Geschäft in der Lobengula Street Hautaufhellungscremes. Im Januar 1946 würde sie seit fünf ganzen Jahren dort arbeiten. Sie hatte sich an jenem Tag zu der Anstellung entschlossen, an dem sie Boyidi getroffen und alle anderen Sehnsüchte abgeschrieben hatte; später hatte sie ihn voll und ganz zu dem ihren gemacht. Vor Jassats saß sie an einem Tisch, mit all ihren Cremes, fein säuberlich aufgereiht, manche in Glasbehältern, andere in Tuben. Zandile war in Makokoba so etwas wie ein Fabelwesen, die Vorreiterin einer ganz bestimmten Schönheit, und deshalb blickten die Leute mit einer Mischung aus Misstrauen und Bewunderung auf sie. Machmal brachte sie ein paar ihrer Plastikflaschen und Tuben mit nach Makokoba und verkaufte sie den Frauen dort. Ihre Gesichtshaut war von einem weichen Eidottergelb, glatt und von einem blassen Leuchten. Sie konnte es sich aber nicht leisten, ausreichend Creme zu erwerben, um sich auch ihre Arme damit einzureiben. Niemandem fiel diese Nachlässigkeit auf; da gab es andere Ablenkungen. Zandile bot das Schaubild für Gefühl und Beschaffenheit des Begehrens.

Zwischen Gesicht und Körper bestand ein akzeptabler Unterschied. Du musst nicht unbedingt über deinem ganzen Selbst eine Maske tragen, nicht unter der Haut, sondern auf der Haut. Sie ruht zwischen Augen und Lippen, der Höhe der Wangenknochen, der Stille der Augenbraue, der Form der Augen, der Länge des Halses, der Wölbung der Stirn, der Frisur, der Straße, auf der Freude und Kummer miteinander tanzen. Das war es. Obwohl sie sich viel Mühe gab, ihr Haar zu glätten, trug sie manchmal noch eine Perücke mit längerem und glatterem Haar als ihrem eigenen, das ihr über die Schultern fiel. Aber nur, wenn sie zur Arbeit in die Innenstadt fuhr, in die Lobengula Street. Ihre Lippen waren dann von einem atemberaubenden Purpur, das es an Farbenpracht mit jedem Himmel aufnehmen konnte.

In ihrer Handtasche befand sich ein kleiner Kamm, den sie benutzte, wenn sie ihre Perücke absetzte und auskämmte, bevor sie sie wieder auf den Kopf stülpte und mit Nadeln in ihrem Haar feststeckte. Das tat sie sogar, während sie an ihrem Tisch in der Lobengula Street saß und die Leute vorübergingen. Es fiel niemandem auf. Bei allem, was den Körper betraf, gab es eine Art stillschweigende Übereinkunft; das Trugbild war anpassungsfähig, die Umkehrung spontan. In der Handtasche befanden sich auch eine kleine Dose mit braunem Puder, ein winziger Handspiegel, Busfahrscheine, etwas Kleingeld sowie ein Zettel mit ihrer Anschrift, in kleinen Buchstaben geschrieben. Du kamst dir in der Stadt derartig als Fremder vor, dass du deine Adresse am besten aufgeschrieben und sie an einer sicheren, aber leicht zugänglichen Stelle verwahrt hast.

Sie nahm Phephelaphi mit zu sich nach Hause, ohne es mit Boyidi, mit dem sie zusammenlebte, abgesprochen zu haben. Wenn sie ihn gefragt hätte, wäre er nicht einverstanden gewesen, weil sie, wie alle anderen in Makokoba, nur dieses eine Zimmer hatten. Sie schaffte Platz für Phephelaphi, indem sie einen großen Kleiderschrank, der an der Wand stand, in die Mitte des Raums schob. Solange sie dort wohnte, hatte Phephelaphi immer die Rückseite des Kleiderschranks vor Augen. Zandile räumte alles aus Phephelaphis Teil um, erst ihre Sachen – die hochhackigen Schuhe, den roten Regenschirm, ihre Lotionflaschen –, dann die von Boyidi: die blaue Mütze mit dem gebrochenen Rand, seine schmutzige Unterwäsche, die sie am kommenden Samstag, wenn Neujahr wirklich vorbei war, waschen wollte; es waren nur noch wenige Tage bis zum Jahresbeginn 1946, was blieb ihr also noch, als den Rest des Jahres zu vertrödeln? Im Umkreis war nichts, das sie als dringend oder notwendig genug eingeschätzt hätte, um ihren Schritt zu beschleunigen. Und nichts an diesem zu Ende gehenden Jahr, das sie vertreiben konnte.

Zandile nahm sich Zeit. Boyidis *knobkerrie* verstaute sie sicher unter dem Bett. Sie fand auch Boyidis Personalausweis und schlug ihn auf. Dadurch lösten sich die vier Seiten voneinander, so dass seine Daumenabdrücke zu Boden fielen – jede Fingerspitze greifbar und echt, dünne, zitternde Tintenlinien. Langsam faltete sie seine Finger wieder zusammen. Darüber stand sein Name: Boyidi Ngwenya, und unten, in der Spalte für besondere Kennzeichen: Verbrennung am rechten Arm. Laut wunderte Zandile sich, was eine Frau nicht alles zusammentragen und erklären konnte, wenn sie einen Mann berührte, und sei es auch nur an den winzigsten, wandernden Rillen seiner Fingerspitzen. Sie nahm den Ausweis mit hinüber auf die Zimmerseite, die jetzt ihnen gehörte, und legte ihn auf den kleinen Stuhl neben dem Bett. Dazu musste sie erst einmal die Kerze beiseite rücken, die auf einer Untertasse mitten auf der Sitzfläche stand, und die Doppeltür des Kleiderschranks schließen, die offen stand, seit sie ihn umgeräumt hatte. Im Schrank befanden sich ihre Kleider, aber auch ungeöffnete Päckchen mit Teeblättern, Maismehl, Seifenpulver. Zandile stellte die größeren Sachen auf den Kleiderschrank, die große Metallschüssel zum Beispiel, die sie bei Jassats gekauft hatte und zum Baden verwendete.

Das Leben in der L Road Nummer 8 veränderte sich. Boyidi machte es nichts aus, dass zwei Frauen ihn sich teilten, ihn hörten, verstanden. Als er nachts nach Hause kam und die Tür öffnete, sah er sich dem Kleiderschrank gegenüber. Und davor lag, zusammengerollt, Phephelaphi. Sie zog sich die Decke bis zum Hals, und er betrachtete sie. Ein mondheller Zauber fiel auf ihre geschlossenen Lider. Er fragte nicht, wer sie war, ging an ihr vorbei, hinüber auf die andere Seite des Kleiderschranks und legte sich zu Zandile.

»Ich habe Gertrudes Tochter hergeholt. Erinnerst du dich an meine Freundin Gertrude?« Boyidi ächzte und rückte näher an sie heran. Zandile hatte andere Sorgen. Boyidi war verheiratet gewesen, als sie sich begegnet waren. Doch das gehörte der Vergangenheit an. Sie war sich beinahe sicher, dass er seither keine andere Frau gehabt hatte. Sie hatte ein wachsames Auge auf ihn.

»Gertrude ist gestorben, Boyidi. Ich habe es dir erzählt. Es bleibt mir nichts anderes übrig, als das Mädchen aufzunehmen.«

Boyidi schob sich mit seinem ganzen Gewicht auf ihre Seite des Bettes. Er zog seine Hosen unter der Bettdecke hervor, warf sie über die Stuhllehne. Zandiles weiche Schultern und ihr Hals rochen nach frisch aufgetragener Mermaid-Lotion.

»Ich glaube, wir kommen klar. Sie wird uns schon bald eine Hilfe sein. Bei Jassats brauchen sie Mädchen. Ich frage morgen, ob ich sie mitbringen kann.«

Bevor sie noch ausgeredet hatte, spreizte Boyidi ihr die Beine, und sie fühlte, wie seine Lippen ihren Hals berührten. Er sprach nicht mit ihr. Vor ihm stand Phephelaphis Gesicht in einem Teich aus Mondlicht, und wenn er geantwortet hätte, hätte er davon gesprochen. Zandile hielt eine Zeitlang die Knie fest geschlossen und durchgedrückt, unsicher, ob das Mädchen sie beide hören konnte. Zwischen seiner Berührung und ihrem eigenen Herzschlag überlegte sie, wie schlimm es für Phephelaphi sein könnte, wenn sie zuhören würde oder eben nicht. Sie brauchte Zeit, wusste aber, dass sie keine hatte. Nicht, wenn Boyidi da war und sich an ihre Brust schmiegte. Sie bedauerte nun, dass sie ihre Entscheidung so einfach auf der Straße getroffen hatte. Was sollte sie tun? Sie wollte nicht Mutter sein, nur weil Gertrude tot war und das Kind, das entweder bleiben oder ausfliegen würde, zurückgelassen hatte. Sie hätte Boyidi gern ihr Zögern erklärt und den Fehler, den sie möglicherweise begangen hatte, dem sie es vielleicht gestattet hatte, sich in ihr Leben einzuschleichen. Vielleicht könnte sie ja morgen eine andere Unterkunft für Phephelaphi finden. Vielleicht würde jemand anders sie aufnehmen. Alles, was sie brauchte, war ein Tag Zeit. Nur morgen. Es gab ein paar Dinge, die sie Boyidi sagen musste.

»Ich habe es für Gertru ...«

Boyidi hatte ihr sanft die Hand auf den Mund gelegt und sie mit der anderen hochgehoben und dahin geführt, wohin er gehen wollte. Mit ängstlich klopfendem Herzen folgte Zandile ihm, jedem seiner Atemzüge, seinen schmerzenden, süßen Gliedern, seiner Bewegung und Stimmung. Eine lange Weile dachte sie nicht mehr an Phephelaphi, die wach lag, bei weit geöffneter Tür, durch die das Mondlicht fiel, vom Himmel direkt in ihre wartenden Augen.

Während sie die beiden hörte, überlegte Phephelaphi, wo die Hoffnung begann. Mit einem Seufzer, der länger, lauter, befriedigter klang als alles, was die beiden Liebenden sich vorstellen konnten, drehte sie sich auf die andere Seite und kehrte dem Mond den Rücken zu.

VIERZEHN

Blumen überzogen den Himmel. Man schrieb das Jahr 1948.

Eine junge, schwarze Frau ging langsam die Sidojiwe E2 hinunter. Sie trug ein blütenweißes, gestärktes Kleid und eine weiße Haube. Der Baumwollstoff des Kleides war mehrmals aufgebügelt worden. Nicht eine einzige Falte. Flache braune Schuhe. Eine braune Handtasche. Den Kopf hoch erhoben, schritt sie gleichmäßig voran. Sie sah bedeutend und wichtig aus. Nadeln hielten die Haube in ihrem geglätteten Haar. Schwebend. Rein. Zielbewusst. Die Haut glänzend von Creme. Die Lippen mit einer zarten Fingerspitze Vaseline befeuchtet. Sie schwenkte in das General Mission Hospital ein, ging an seinen steinernen Säulen vorbei und stieg mit bedacht kleinen Schritten, als balanciere sie auf Zehenspitzen, die Treppe hinauf. Die Hände sicher in den großen Vordertaschen ihres Umhangs vergraben. Die Tasche schwang hinter ihr her unter der Kuppel hindurch in die große Eingangshalle, weiter in das Licht des geräumigen Innenhofs. Sie fand sich inmitten grüner Topfpflanzen wieder, sah zum zweiten Stock des Gebäudes hinauf. Ein Arzt mit einem Stethoskop um den Hals winkte sie zu sich. Mit hochgezogenen Schultern schritt sie die Stufen hinauf. Das Krankenhaus hatte seine erste schwarze Krankenschwester eingestellt. Weitere sollten folgen.

Zwei Wochen, nachdem sie die Zulassung zur Schwesternschule erhalten hatte, stellte Phephelaphi fest, dass sie schwanger war. Sie sollte im Juni anfangen, teilten die Zulassungspapiere ihr mit. Ihr blieben fünf volle Monate, ihr Glück zu begreifen, Fumbatha davon zu erzählen, ihm die Unterlagen zu zeigen. Darauf stand »Miss Phephelaphi

Dube«, dahinter die Bezeichnung »Schwesternschülerin« und ihre Registrierungsnummer, und die Sachen waren aufgeführt, die sie in das Schwesternheim mitbringen sollte, wozu ein Waschlappen für das Gesicht und eine Zahnbürste gehörten. All das. Sie hatte einen Mann, war aber nicht verheiratet, deshalb schrieb sie in Großbuchstaben LEDIG in die entsprechende Spalte, die ihr die Wahl zwischen ledig, verheiratet und geschieden ließ. In keinem Fall wurden verheiratete Frauen zugelassen, weil sie während der Ausbildung schwanger werden konnten. Das wäre eine Verschwendung der begrenzten zugewiesenen Gelder, hatte das Ministerium für Eingeborenenfragen entschieden. Die Bedingungen für die Zulassung waren eindeutig. Sie würde nicht angenommen werden, wenn sie schwanger war.

Sie stand vor dem schulterhohen Spiegel und betrachtete ihr Spiegelbild. Sie zog den Vorhang zu, der das schmale Fenster verhüllte, und ließ das Kleid auf die Knie sinken. Sie ließ auch ihre rosa Unterwäsche fallen; eine Hand voll flaumweichen Haars wurde sichtbar, pechschwarz und willig. Dann schaute sie sich jede Rundung ihres Körpers an, besah sich ihre Brüste, deren Warzen steif geworden waren durch die plötzliche Entblößung oder aus Angst oder wegen des Kindes, das in ihr wuchs, oder wegen allem zusammen. Ihr Nabel hatte sich aus seiner geheimen Bauchhöhlung herausgestülpt. Sie berührte seine makellose Narbe, benetzte den Finger im Mund und führte ihn stumm wieder an den Nabel. Eine kalte Erregung senkte sich in sie, direkt in ihre Mitte, wo alles in ihr seinen Anfang und sein Ende hatte. Sie bewegte den Finger kreisend über diese Stelle, legte die Hand über den Bauch, dort, wo hart wie eine Eierschale ihr Unterleib hervortrat. Sie dachte an die Zeit zurück, als sie Fumbatha begegnet war, und daran, was sie ihm über das Atemanhalten erzählt hatte, darüber, nicht zu atmen, um für eine Weile etwas von der Kunst des Überlebens zu verspüren, und so hielt sie den Atem an und atmete nicht, so lange sie nur konnte, atmete dann aus und brauchte eine ganze Zeit, bevor sie wieder richtig Luft bekam. Sie drehte den Rücken zum Spiegel, sah über die Schulter. Es schmerzte sie zu sehen, wie ihr Rücken sich gekrümmt hatte, als ob er von ihrem wachsenden Gewicht heruntergezogen würde. Sie bückte sich, und mit einer Schwere, die ihre Arme kaum tragen konnten, hob sie ihre Kleidung auf und hielt sie vor den Körper wie einen Schild.

Sie zog den großen Umschlag, der all ihre wichtigen Papiere enthielt, aus seinem Versteck zwischen den Matratzen und dem Federrost des durchhängenden Bettes hervor. Es war der einzige Brief, den sie jemals erhalten hatte. Wieder und wieder überflog sie die Unterlagen, bis ihre Augen blind vor Tränen wurden. Sie hörte noch immer die Fahrradklingel des Briefträgers, der beinahe aufgegeben und den Brief wieder mitgenommen hätte und nur deshalb gewartet hatte, weil ihr Fenster offen stand und die Tür auch, wenn auch nur einen winzigen Spalt. Sie war jedenfalls offen, und darum wartete er. Niemand ließ die Tür offen und war weit fort, nicht in der Sidojiwe E2.

Er war die ganze Strecke vom Postamt in der Main Street in der Stadtmitte in die Makokoba Township heraus geradelt. Nicht einmal, zweimal hatte er sich bücken müssen, um einem Schwall schmutzigen Badewassers auszuweichen, das mit Schwung auf die Straße geschüttet wurde. Da kam es nicht darauf an, eine Minute länger zu warten und wieder zu Atem zu kommen. Er lehnte das Fahrrad gegen die Hecke, fächelte sich das Gesicht mit dem Brief, den er in der rechten Hand hielt, beugte sich nieder und läutete die Klingel am Fahrrad wie eine Alarmglocke.

Die Klingel hatte immer wieder geschrillt. Sie hatte sie gehört, aber nicht reagiert. Ihr Mund war ganz trocken vor

Aufregung, da das Klingeln sie bedrängte und verwirrte, und sie brauchte einen Augenblick ruhiger Überlegung, bevor sie etwas unternahm, nur ein bisschen Zeit, um ihr Kleid glatt zu streichen und mit den Beinen von der kleinen Bank mit dem angeschlagenen Unterteil und den Spinnweben überall, die sie beim Saubermachen immer ausließ, herunterzurutschen. Eine Pause, damit sie die Erwartung auf das Äußerste steigern konnte. Monatelang hatte sie auf eine Antwort auf ihre Bewerbung gewartet. Sie konnte einfach nicht glauben, dass der Postbote nach ihr suchte, jetzt, nach ihr klingelte, jetzt, nach ihr, jetzt, in diesem Moment, damit sie nach draußen trat, in diesen wundervollen Klang hinein, und frei sein konnte, in diesem Augenblick und umgeben von einer Melodie, die nur ihr galt. Bevor sich alles wieder in nichts auflöste, schüttelte sie die Lähmung in ihren Beinen ab, stemmte sich von der Bank hoch, ließ den Kessel auf dem Paraffinofen Kessel sein und sein Wasser verkochen, und eilte nach draußen. Überall auf dem Briefumschlag hinterließ sie feuchte Daumenabdrücke, bevor sie ihn endlich aufbekam und die säuberlich gefalteten Blätter mit dem Wappen des Krankenhauses herausnehmen konnte, bevor sie ins Zimmer zurückging, roch, wie der Boden des Kessels zu glühen anfing, aber nichts unternahm, weil sie wieder hinauslaufen musste, denn da war mehr Licht und dort befreite sie sich endlich von ihrer Last.

Und nun. Sie lief aus dem Haus, ging langsam die Sidojiwe E2 hinunter, um sich zu sammeln, ihre Gedanken, ihren Atem, ihren ganzen Verstand. Die Augen blind vor Wut, sah Phephelaphi die Sidojiwe E2 wie zum ersten Mal. In den staubbedeckten Hecken hatten sich Papierfetzen verfangen, die Mülltonnen waren umgekippt, und Kinder ritten darauf herum, bis die Deckel zerbrachen. Alte Reifen lagen verloren in der Gegend und füllten sich mit brackigem Wasser, weggeworfene Dosen verunreinigten die Höfe, Frauen saßen auf ihren *stoeps* und glätteten einander die Haare, ein Radio schmetterte ein abgehacktes Lied, und ein Bettler tanzte dazu. Auf die Wand des geschlossenen Baloos Store hatte irgendjemand zehn Männerhaarschnitte gemalt; ein Straßenfriseur saß davor und wartete auf Kundschaft. Die Haare, die er abschnitt, fielen in den Straßengraben; niemand erhob Anspruch darauf.

Sie sah die jungen Burschen am Straßenrand. Junge Kerle, die von der Stimmbruchliebe gequält wurden, die ihre Kehlen hinunterkroch und ihnen die Brust einschnürte, die von dem gewaltigen Pochen am Halsansatz gepeinigt wurden, vom Blut, das ihnen ins Hirn schoss, vom Haar unter ihren Achseln, wo ein dunkler Schweiß sie verwandelte, weil er ihnen in der Frühe als Erstes in die Nase stieg und Wellen aus Scham hochspülte, die ihnen an den Schenkeln tropfte. Mit solch deutlichen Malen versehen, runzelten sich ihre Stirnen in einem wissenden, erwachsenen Blick, als Phephelaphi an ihnen vorüberging. Ihre Köpfe folgten ihren Schritten und hielten inne, wenn sie es tat, hoben sich erwartungsvoll, wenn sie den Arm hob und ihren Schmerz stillte. Monoton wanderte ihr Blick über jeden Teil ihres blühenden Körpers – als hinge die Frucht für sie zu hoch am Baum –, aber zumindest ihren Duft würden sie und konnten sie noch Tage mit sich herumtragen, seine reifende Haut mit ihren zärtlichen Zungen berühren. Das war genug. Einige Tage lang würden sie ihren glatten Geschmack auf ihrem Gaumen begraben, auch wenn die Frucht hoch oben im Wipfel des Baumes hing und sie schlecht beraten wären, wollten sie hinaufklettern, denn der Baumstamm war mit Dornen gespickt.

Sie zogen sich zurück vom verlassenen Balkon bei Baloos, wo sie ihre Beine baumeln lassen hatten und das verzierte Gusseisen Hände voll abblätternder Farbe abwarf. Vorbei an den Milchkannen aus Metall. Sie brachten sich in Sicherheit, wandten ihre Aufmerksamkeit wieder irdischen Dingen zu. Setzten sich auf den Boden, bildeten einen Kreis und schlugen einen Takt auf ihre nackten Schenkel, lauter und lauter, auch wenn es weh tat. Die Lippen geschürzt in stiller Harmonie, stieg ein wundervolles Lied auf, dem Knieschläge den Rhythmus gaben.

Sie sah die Häuser. Sie waren zumeist für Junggesellen erbaut worden. Niemand hatte erwartet, dass die Frauen ihren Männern in die Stadt folgen würden. In diese winzigen Schuppen brachten die Männer heimlich an vergänglichem Trost, was sie nur konnten, und alles wurde anders und überhaupt, wozu war ein Sonnenuntergang sonst gut und die verhüllende Dunkelheit der Nacht und die Stunden vor dem Morgengrauen, wenn alles erregt der neuen Sonne entgegenpocht und du unbedingt jemanden berühren musst. Wie sollten die Männer damit umgehen und sich daran anpassen ohne die vertraute Nähe zu jemand anders, ohne die Zugehörigkeit zu einem anderen Wesen. Sie fanden, was an Annehmlichkeit und Trost zur Verfügung stand.

Die Frauen hatten ihre eigenen Vorstellungen von Selbstverwirklichung. Nicht nur, dass einige unabhängig von den Männern in die Stadt kamen, sie ließen sich auch nicht aus diesen Zimmerschuppen vertreiben, ungeachtet der Drohungen, die gegen sie ausgestoßen wurden, bekamen Kinder und zogen sie mit nackten Handflächen groß. Fahrräder trugen entweder Polizisten oder schwarze Frauen. Die Frauen fuhren damit in die Vororte, wo sie von Sonnenaufgang bis Sonnenuntergang weiße Kinder stillten, sie kleideten und auf sie aufpassten. Abends kehrten sie nach Makokoba zurück und kochten Trockenfisch oder irgendetwas anderes, dem ein starker Geruch anhaftete, rührten es zu einer unwiderstehlich sämigen Suppe. Sie sehnten sich nach etwas, das an Flüsse erinnerte oder an eine Weite, so groß und einladend wie das Meer.

Phephelaphi war sich nicht darüber im Klaren gewesen, wohin sie gehen wollte, als sie die Tür geöffnet hatte und auf die Sidojiwe E2 hinausgelaufen war. Sie fand sich bei Deliwe wieder, setzte sich, stand auf, setzte sich wieder hin, erzählte Unzusammenhängendes, lief im Kreis auf der Veranda herum, weigerte sich, sich auf die *stoep* zu setzen, kündigte an, wieder fortgehen zu wollen, während Tränen ihre Lider benetzten, fühlte, wie Trommeln in ihrem Kopf dröhnten wie ein Sturm, wie die Schläfen brannten, und alles andere an ihr war zu Eis erstarrt oder abgestorben. Sie murmelte etwas davon, dass Fumbatha ihr im Traum erschienen sei, flüsterte, und ihre Stimme klang dabei wie glühende Kohlen, etwas von einer Frau namens Emelda, die in ihren Armen gestorben sei, und von Bergen, die es zu ersteigen gelte, auch wenn da gar keine waren, klagte über Züge und einen Himmel, der verschwand, erzählte von weißen Uniformen zur Pflege der Kranken. Bis Deliwe es müde war, dieser Mischung von Salz und Zucker zuzuhören, sich erhob, nicht mehr länger vom Sirup aus ihren Blüten träumte, die Eidechsen nicht mehr beachtete, die pfeilschnell unter die Hecken schossen. Bis Deliwe sich entschlossen von ihrem Bierkasten mit der Aufschrift *Southern Rhodesia* erhob und Phephelaphi ins Haus schob, sie auf einen Stuhl setzte und ihr ein Glas Wasser gab. Das rettete sie. Ein hohes, blaugetöntes Glas, das reizender aussah als das Licht der Sonne. Es brachte, als Phephelaphi es an die Lippen setzte, sie wie mit Nadeln aus einem weißglühenden Licht wieder zu Sinnen, als schlössen sich ihre Schmetterlingsflügel über einem Pollen, berührten einander, schlössen sich, bis ein Luftzug diesen Falter störte und forttrug. Schließlich war Phephelaphi in der Lage, Deliwe anzusehen und ihr ihren ganzen Kummer zu erzählen.

Deliwe, die Gertrudes Freundin gewesen war.

Deliwe, die Fumbatha kannte.

Deliwe, die den Stolz eines Adlers besaß.

Deliwe, die Augen hatte wie ein Skorpion.

Deliwe hörte zu, bis der blaue Himmel in ein karmesinrotes Licht tauchte. Phephelaphi fragte Deliwe, ob sie den Himmel noch einmal mit weißen Wolken überziehen könne. Den Kopf schüttelnd, nahm Deliwe vorsichtig das getönte Glas aus Phephelaphis Händen. Phephelaphi konnte kaum atmen, als sie die Sidojiwe E2 nach Hause stolperte. Sie hörte noch, wie die Tür knarrte, als sie hinter ihr ins Schloss fiel.

FÜNFZEHN

Eine Woche ging vorüber.

Phephelaphi hörte mit einem Mal Stimmen: Wie ein Wirbelwind stürmten Kinder die Sidojiwe E2 hinunter, die einen alten Autoreifen vor sich her rollten. Wenn sie dabei übereinander stolperten und hinfielen, platzten sie vor Lachen, trieben den Reifen aber weiter mit solch glühendem Eifer hierhin und dorthin, als wollte jedes sich wilder dem Spiel hingeben als die anderen, und ihre Freude wurde immer größer, weil vor ihnen etwas frei und unbeschwert dahinrollte. Ihre Füße wurden von dem gleichen fröhlichen Entzücken angespornt, und ihre Arme juckten, denn aller Kummer war von ihnen abgefallen, und sie brannten darauf, sich an etwas hochzuschwingen, das nur halb so groß war wie sie selbst – ein schwarzer Reifen in vollendeter Bewegung, dessen Antriebskraft, da sie so kurzlebig war, von ihnen immer wieder neu angestachelt werden konnte. Und so rannten sie hinter dem Reifen her, rollten ihn wieder und weiter und fielen aus purer Glückseligkeit darüber hin. Der Kreislauf der Freude hob sie jedesmal wieder auf und machte, dass die Erde sich verschob und nach hinten kippte, die Häuser erbebten und ihre Mütter über den Dächern schwebten. Die Kinder lachten, bis ihnen der Bauch wehtat und ihre Augen sich mit Tränen füllten und vom Staub ganz blind wurden.

Sie verloren den Boden unter den Füßen, gewannen aber die Freiheit der Vögel, und so schoben sie die Kronkorken, die sie in den Straßen und vor dem geschlossenen Baloos Store gesammelt hatten, weil sie ihnen so kostbar und wichtig waren, kurzerhand in die Höhlung des schwarzen und offenen Reifens, um sie später tagelang darin zu vergessen. Die Kronkorken sicher verstaut, ließen die Kinder die Welt hinter sich und blickten in die wogenden, scheinbar vorüberrauschenden Baumwipfel. Außer Atem, konnten sie nichts anderes mehr tun, als auf einen festen Punkt zu starren, bis sich entlang der Sidojiwe E2 wieder alles an seinen Platz begeben hatte.

Die Fensterscheibe war zerbrochen.

Eine große Flasche Vaseline verstellte das große Loch in der unteren Hälfte des kleinen Fensters, doch nur zu einem Teil. Die Vaselineflasche war leuchtend gelb. Am anderen Ende des Zimmers lag Phephelaphi auf dem Bett, den Rücken zur Wand, und schloss die Augen.

Die Flasche war grün, dann wurde sie gelb. Als sie die Augen ein zweites Mal schloss, sah sie das kräftige Gelb der Flasche. Das Grün verblasste. Hinter dem Fenster erhob sich die Hecke, grün und dicht. Das zerbrochene Glas hatte scharfe Kanten. Sie folgte mit den Augen einem gezackten Riss, der sich durch die verbliebene Scheibe nach oben zog. Es war Morgen.

Sie rutschte in die Bettmitte und zog sich das grobe, graue Tuch über die Brüste. Zog sich das Laken unter das Kinn. Drückte es mit beiden Händen gegen das Gesicht. Das Laken war in kühnem Rot umsäumt. Sie verschränkte die Ellbogen, zog die Knie an, bis sie gegen das Laken stießen, und ihr wurde wärmer. Sie fühlte sich getröstet und lag geborgen in dieser zusammengerollten Stellung. So zusammengepresst, sank sie tiefer in die Höhlung in der Matratze, die durchhing und den kalten Zementfußboden berührte.

Sie wünschte sich, eine ganz andere Frau zu sein. 1948 war ein Jahr, in dem die Hoffnung sich wie ein strahlender Himmel öffnete und eine gebildete schwarze Frau mehr erreichen konnte. Die Gelegenheit dazu war vorhanden, und es nahm ihr den Atem, wenn sie sich vorstellte, etwas anderes zu sein als das, was sie war. Nichts, von dem sie wusste, was es sein könnte, aber sie wünschte es sich, vermisste irgendwie die Zukunft. Im Augenblick war sie nichts. Nichts, was sie fühlen konnte. Sie wollte etwas sein, das eine Kontur hatte, und auch wenn sie sich nicht darüber im Klaren war, was sie meinte, wollte sie etwas Eigenes, etwas Achtung, etwas Würde, etwas Ausgeglichenheit und Kraft. Sich selbst finden. Ihre Sehnsucht hatte sie in sich verborgen, zu niemandem davon gesprochen. Dennoch, sie konnte etwas ändern. Fumbatha würde sie niemals verstehen, und deshalb erzählte sie ihm nichts davon.

In ihrer Angst, die sie die ganze Woche umfangen hielt, hatte Phephelaphi gelernt, dass alles, was zwischen einem Mann und einer Frau geschah, in den Hintergrund gedrängt werden konnte: die Zärtlichkeit, die Berührung, ihre forschenden Lippen und das Gefühl, zueinander zu gehören, das jede Bewegung zur Verführung werden ließ und ihre Vereinigung zur Notwendigkeit. Das konnte in Vergessenheit geraten. Teile ihrer Stimmen. Das ging vorüber. Es war möglich geworden, sich zu trennen, sich abzuwenden und davonzugehen, obwohl er sie doch geschaffen und wieder vernichtet hatte. Sie wollte mehr. Ein Teil von ihr verhärtete sich gegen ihn. Er war ungebeten in ihren Traum gedrungen.

Sie zog sich das Laken an das Gesicht und über den Mund. Sie konnte das rauhe Gewebe riechen, hielt es sich noch dichter vor das Gesicht. Die Berührung des Tuchs und sein Geruch widerten sie an. Sie zog das Laken enger um sich. Ihre Lider schlossen sich. Noch enger. Sie schloss die Hand fester um die Kanten des Lakens. Der Faden trat zwischen ihren Fingern hervor wie eine Strähne aus Blut.

Die Fensterscheibe war letze Woche zerbrochen, als jemand einen großen Stein in das Haus geworfen und sie beinahe getötet hatte. Zwei Männer hatten sich mitten auf der

Sidojiwe E2 gestritten, und sie hatte sie gehört. Der eine bedrohte den anderen mit einem Messer, der deshalb einen großen Stein aufhob. Er landete auf dem Bett, wo sie gerade noch geschlafen hatte. Phephelaphi wünschte sich, dass der Stein sie umgebracht hätte.

Stattdessen blieb sie mit ihrer Wut und Angst zurück. Sie hob den Stein auf, legte ihn unter das Bett. Wenn Fumbatha nicht da war, verbrachte sie viele Tage schlafend im Bett, sah durch das Fenster auf die Gestalten, die draußen, an der Straßenseite der grünen Hecke, vorbeigingen, und dachte an das Kind. Phephelaphi hörte, wie ein Fahrrad vorüberfuhr, und erblickte eine Hand, die einen Hut in die Luft streckte und ihn langsam kreisen ließ – einen schwarzen Hut. Die Gestalt, zu der der Hut gehörte, blieb unterhalb des Fensters und hinter der Hecke verborgen. Um den Mann auf dem Fahrrad sehen zu können, müsste sie aus dem Bett aufstehen und an das Fenster treten, das sich in einigem Abstand zum Boden befand. Stattdessen ließ sie Hand und Hut vorbeifahren. Die Frauen auf der anderen Straßenseite riefen einen Gruß. Eine lange, weiße Feder war an dem Hut befestigt, am Hutband festgesteckt.

Sie wünschte sich eine Stille, in der sie jeden ihrer Gedanken vom anderen trennen könnte. Dann riss eine Stimme, die Äpfel zum Kauf bot, sie aus dem Schlaf. Sie hörte die Stimme leiser werden und schwinden, und ihr war, als schwinde die Stimme in ihr. Die Stimme hörte nicht auf, wieder und wieder in ihr zu rufen, breitete sich aus wie eine kleine Welle, und wieder dachte sie, dass es in ihrer Macht stehe, eine Woge daraus werden zu lassen. Es war ein flehender Ruf, was ihre Gefühle durcheinander brachte. Sie wollte die Stimme wachrütteln und lauter werden lassen, dann könnte sie sicher alles Suchen darin hören, bestimmt könnte es darin wachgerüttelt werden. Aber es war unmöglich, von dort, wo sie lag, irgendetwas zu erreichen, sie war nur zum Teil Zeugin einer umfassenderen Wirklichkeit. Sie musste die Händlerin sehen. Wenn ihr das gelänge, hätte sie alle Stimmen in sich verwandelt. Doch das bedeutete, aufzustehen und an das Fenster zu gehen. Sie blieb liegen, entschied sich dafür, ein Bruchstück in der Zeit zu finden, in dem ihr Denken klar sein würde, ihre Überlegungen ungestört. Auf einmal war die Sidojiwe E2 die lauteste Straße, die sie sich vorstellen konnte. Sie rang um einen Bruchteil Zeit, der einzig ihr selbst gehörte.

Ein Bruchteil ist auch ein Leben. Das ganze Leben läuft so ab, in Bruchstücken. Sie wollte sich auf andere Weise ablenken. Phephelaphi langte mit dem Arm über die Bettkante und ergriff den Stein, der durch das Fenster geworfen worden war. Sie hatte ihn unter das Bett gestoßen, erinnerte sich, dass er dort lag. Als ihre Finger seine glatten Seiten berührten, kippte das Bett aus dem Gleichgewicht. Ihre Knie gaben nach, als sie sich, das Gewicht auf ihre Hände verlagert, zurückstemmte, um ihren rechten Arm wieder auf den Bauch zu legen. Ihre Füße berührten den kalten Metallrahmen am Fußende des Bettes. Sie hob die Arme und atmete tief ein. Das Laken lag unterhalb ihrer Brüste, und sie stopfte die Seiten unter ihren Körper, um sich zu wärmen. Sie hatte nichts an. Sie dachte angestrengt über das Kind nach.

Es war besser, wenn man sein Gedächtnis in der Hand hielt. Andernfalls löste sich alles auf, was nicht dinglich war. In der Gewissheit der Berührung gewann die Erinnerung eine Form, die sie ohne Angst heraufbeschwören konnte. Sie wurde fassbar. Sie hatte etwas Festes in sich geborgen, das der Anschauung behilflich sein konnte. Phephelaphi stellte jedes Ereignis in Frage, weil es Vergangenheit war. Sie bekämpfte dieses Verschwinden mit einer Vielzahl von Gegenständen. Das Zimmer war mit ihren Erinnerungen angefüllt. Jede einzelne Qual besaß ihre

Form: ein Kamm, ein Löffel, ein Schuh. Sie verabscheute alles, was nicht zu fassen und mit Fingern zu betasten war oder nicht an die Zunge geführt werden konnte, damit man es schmeckte.

Haben. Der Akt des Besitzens. Die Handlung, bei der die Sinne eingesetzt wurden und entdeckten, dass der Klang ebenso wichtig war, wie etwas in der Hand zu halten, einen zerbrochenen Absatz, die Kanten einer zerrissenen Matratze, eine leere grüne Flasche. Und doch war das Gefühl nahe bevorstehenden Verlusts nur zu greifbar. Die Sehnsucht, das Leid, der Druck, die Vernachlässigung, der Kummer, die Erleichterung, das Verlangen, das Vertrauen. Unmöglich, dass Fumbatha länger zu ihrem Traum gehörte.

Phephelaphi zog den Stein zu sich heran und hielt ihn fest. Er war nicht zerbrochen, obwohl er durch das Fenster geflogen, auf die gegenüberliegende Wand geprallt und von dort auf das Bett gefallen war, in dem sie schlief. Nur eine Ecke war abgeplatzt. Die Ereignisse, an die sie sich erinnerte, waren Wirklichkeit. Hier lag der Gegenstand; hier lag auch die Zeit. Gleich daneben der Schlag ihres Herzens, nackte Füße, die den Boden berühren; das schwarze Gummiband, fest und eng um den Besen gewickelt, scheuert an ihrer Handfläche, ihr Daumen gräbt sich in das Stroh, ihr Arm streift kurz, hastig über den Fußboden. Sie ist erschrocken. Sie hört den Besen über das zerbrochene Glas am Boden fahren. Sie fegt die Glasscherben zu einem sauberen Häufchen zusammen, schiebt es gegen die Wand. Sie stellt den kleinen Strohbesen über das Häufchen und wartet auf den Morgen. Wartet auf Licht. Sie muss sich genauer ansehen, was geschehen ist.

Sie hatte den Stein vom Bett genommen und ihn sorgsam in den Händen hin und her gewendet. Dem Ereignis folgte nicht der geringste Laut. Ihr eigenes tiefes Einatmen ausgenommen, das vom berstenden Glas geschluckt wurde. Sie fragte sich, wohin die Männer verschwunden waren. Sie hörte, wie sich ihr überraschter Schrei mit dem splitternden Glas mischte und zu Boden schlug. Darauf breitete sich eine so vollkommene Stille aus, dass sie dem Beweis kaum zu trauen wagte – dem in einer Zimmerecke zusammengefegten Glas. Die Dunkelheit ließ sie zweifeln. Ein Winkel ihres Verstands wies das zersplitterte Glas von sich, wie er auch das Kind ablehnte, das sie erwartete. Sie verneinte ihr eigenes Sein und ging wie ein Schatten zum Fenster zurück. Sie hörte nichts. Keine Stimme rief. Nichts brüllte. Keine Bewegung.

Irgendetwas fuhr in sie hinein, eine Gefühlsregung, jedoch ohne eine Form, die sie kannte. Es war ein Strom aus Kummer und Reue, entschlossener und größer und stärker als ihr Verstand. Die Leere hatte alles entschieden, was über ihre Bedeutungslosigkeit wie über ihren Mangel an Weisheit zu entscheiden gewesen war. Sie war nichts als ein hohles Wesen. Es gab Beweise für ihre Fehler. Sie war ein Nichts. Wie sollte sie ihre Ellbogen lieben und ihren Arm wie ein Seil verdrehen, wie es ihre Mutter getan hatte. Sie war ein Nichts unter dem Himmel. Vor ihrem geistigen Auge sah sie ein Tuch, das im Wind hin und her wehte. Obwohl sich dies alles nur in ihren Gedanken abspielte, hatte sie das Gefühl, als ob eben dieser kühle Luftzug, der mit dem Tuch spielte, auch ihr Gesicht berührte. Sie war noch viel weniger als ein dünnes Stückchen Stoff, an dem der Wind zerrte. Was war sie? Nichts als ein stummes und friedliches Etwas, das nicht von diesem dünnen Gewebe aufgenommen werden konnte, welches so viel mehr wusste als sie, weil es Zeuge ihrer Handlungen geworden war, noch bevor sie diese ausgeführt hatte.

In dem Augenblick, in dem ihr die Wirklichkeit wieder in den Sinn kam und sie erfasste, stand sie schnell auf und langte nach dem Paket Lion-Streichhölzer, unsicher, welcher

Gedanke der beherrschende in ihrem Hirn war, das Kind oder die zerbrochene Fensterscheibe. Ein Kratzen an der Schachtel, das Streichholz entzündete sich. Es brannte nur kurz, flackerte in einer winzigen blauen Flamme, die sich ihren Fingerspitzen näherte. Sie führte sie an die Tasse und zündete dort die Kerze an.

Sie musste die Flamme erst nähren, damit sie richtig brannte, denn der Docht hatte sich geringelt und war im Loch an der Kerzenoberfläche festgebacken. Sie tauchte das Streichholz hinein, bis das Wachs schmolz und sie den kleinen Docht aufrichten und ihm die Flamme übergeben konnte. Sie redete der Flamme gut zu, weil das Streichholz immer kürzer wurde und das Licht nach ihrer Haut züngelte – zwischen Daumen und Zeigefinger. Die Flamme leuchtete blau. Voll und ganz mit dem Entzünden der Kerze beschäftigt, hatte sie fast vergessen, warum sie aufgewacht war und Licht machen musste. Diese Handlung allein war wirklich; ihre Finger, das Streichholz, die Kerze in der Tasse, die Finsternis.

Die Finsternis war vollständig. Das Licht sanft. Dann wurde das Licht vollkommen und die Dunkelheit sanft. Im flirrenden Dunkel und in dem Löckchen aus Furcht, das sich über ihr erhob, rutschte sie auf den Fußboden und kroch an die Tasse und Kerze heran. Ihre Ellbogen stießen an die Wand mit dem zerbrochenen Fenster, über dem das Licht schimmerte, über den seltsamen hohen Bäumen, den roten Dächern, den Telefondrähten, über denen der Mond und die Sterne standen und darüber ihre wachsenden Sorgen, ihre verzweifelte Angst und das Kind.

Schließlich formte das Licht einen runden, glimmenden Kreis über der Tasse. Phephelaphi beugte sich darüber und sah zu, wie die Kerze in den Rand hineinwuchs, bis ihre Lippen über dem flackernden Kreis schimmerten. Das Licht ergoss sich aus der Tasse und legte ihre Arme bloß, die tiefe

Furche auf ihrer Stirn und ihre leuchtenden Augen. Ihre Bewegungen waren ruhig. Die Dunkelheit war vollkommen, das Licht nützlich.

Sie fegte das Glas in der Dunkelheit zusammen. Die Kerze brannte in der Metalltasse. Sie nahm die Tasse und leuchtete suchend in die Winkel des Zimmers, dann stellte sie das Licht auf den Fußboden. Sie kehrte den Boden und fuhr mit der Handfläche darüber, um zu fühlen, ob er wieder glatt und sauber war, ohne Glassplitter. Sie stellte den Besen fort, ging an das andere Ende des Zimmers und schob den Stein unter das Bett.

SECHZEHN

Nein. Nicht die Spur des Verdachts, fallen zu können, und deshalb auch nicht das Verlangen, sich an etwas Festes zu klammern oder sich irgendwo, an irgendwen, anzulehnen. Kein Bedarf an etwas, das so unbeugsam ist wie ein Wille. Doch auch keinerlei Leichtigkeit. Die Schwerelosigkeit, die du empfindest, wenn du einen steilen Abhang hinunterschaust. Das allein hätte gegen das Fluchtbedürfnis helfen können. Vielleicht auch nur, die Schultern und Knie nach vorn zu ziehen, hin zu einem Entschluss. Das Gewicht der Baumwipfel spüren – ihr leuchtendes Grün, ihr Wogen und Stillstehen. Einfach eine Sehnsucht nach einem Land, das sich hebt und zum Himmel schwillt, weit gezogene Hügel häuft, um Täler zu bewachen, die mit einem ruhigen Sein gefüllt sind, Gras hervorbringen, singende Insekten und Bäume, eine Sehnsucht nach einem Land, das innehält, lauscht, wenn ein Blatt zu Boden sinkt, wie ein Regentropfen herunterfällt und spurlos vergeht.

Stattdessen sind in diesem flachen, weit gestreckten Land die Arme frei und müssen nicht unsicher nach anderer Wahrheit tasten. Die Augen treffen unmittelbar auf den Boden. Der Körper ist frei. Allein. Ungestört. Der Boden so nackt und nah, dass du seine Schwerelosigkeit riechen kannst. Der Körper ist nichts als eine Feder, die, in den Wind gehalten, aufrecht in den Boden gesteckt wird, in einem fort gefährdet, beim leisesten Flüstern umzufallen. Er schwebt, wird in sich zusammensinken, sobald ein Schatten auf ihn niederfällt. Du stehst auf diesem Boden. Hast nichts, mit dem sich der Abstand zwischen Schulterblatt und Fingerspitze überm ausgestreckten Arm messen ließe, nichts, dich der Höhe zu versichern oder die Geschwindigkeit der Schritte zu erkunden, das bebende Misstrauen zu ermessen oder das Zagen eines grausamen Atemzugs.

Das Rückgrat findet keinen Halt. Die Menschen sehen winzig und sicher aus, bewegen sich wie Webspulen durch den schlanken und erleuchteten Raum zwischen Himmel und Erde. Der Herzschlag, das verlorene Wispern, die Qualen der Versuchung – es gibt keine Mittel, all das zu erforschen. Ein großes grünes Blatt, über die Hand gebreitet, hätte helfen können, vom Unglück zu erlösen. Als eine Art, Erfahrung zu messen – das Vieldeutige, das Vergebliche und das Wunderbare. Ein großes grünes Blatt. Nichts dergleichen. Kühn brechen Dornen aus jedem Strauch hervor. Grau und silbern und trocken. Steif und vollkommen unbeweglich.

Und der Mut, wie sollst du ihn wägen, wenn sich nirgendwo die feste Rinde eines Baumes findet oder zumindest etwas, das so weich ist wie die Oberfläche eines Sees? Eine Spiegelung. Nichts, mit dem sich Zärtlichkeit ergründen ließe. Wo findest du Glück ohne die Gipfel der Berge, die sanfte Neigung hin zum Tal, die einladenden Senken der Erde, eine fabelhafte Begeisterung, an der du dich aufrichten und dich zumindest älter als die Bosheit fühlen kannst, es möglich wird, dich von Unheil und Narretei davonzuschwingen?

Ein Land in Bewegung. Mannigfaltige Bewegung des Horizonts, an dem die Augen vom Hügel zu Tal gleiten, sich von den Wipfeln der Bäume ins Tal zurückwenden – eine solche Bewegung brauchst du zum Trost. Nichts dergleichen.

Das Land ist kahl und karg. Vereinzelt nur niedriges Gebüsch. Hier ein Dorn. Dort ein Vogel. Vereinzelt nur Leben in dem flachen, weit gestreckten Land. Dann, weiter entfernt, Weiden über Weiden mit trocknem, wogendem Gras, und keine Bäume. Auf der anderen Seite und hinter den verkrüppelten Büschen liegt Makokoba mit der Sidojiwe E2, der Jukwa Street, der Bambanani, der L Road, dem D Square, der Banda Road und vielen anderen Straßen. Eine Schwarzensiedlung. Die Häuser winzige Schuppen, verkrüppelt wie die Sträucher. Um sie herum hohe Bäume, einer neben dem anderen hinter jeder Häuserzeile, die Wache stehen gegen einen möglichen Unfall, einen möglichen Bruch, wie den eines Knochens. Und in jeder Straße reiben sich die Träume aneinander. Nah und eng beieinander.

Kräftige Dornen mit trockener, rissiger Rinde und lange schmale Finger, fest, in einem Braun wie bei abgedunkelten Brillengläsern.

Phephelaphi hat keine Angst, als sich der Himmel flackernd vor verlorenem Verlangen über ihre Stirn legt, spürt keine Furcht, nur die Sandkörner unter den Füßen. Und weiß einen ganzen Tag vor sich.

Stoßen. Sie hat ihn hineingestoßen. Scharf und durchbohrend. Keine Furcht. Keine Erregung. Es muss sein. Hinein in eine Blase voller Fruchtwasser und wieder heraus. Sacht empfängt sie ihn, als würde diese Bewegung ekstatische Erleichterung versprechen. In ihrem Körper die Hand. Stetig. Ihre eigene Hand, die ein nicht wieder gutzumachendes Leid einführt. Ihr rechter Arm stützt sich auf den Schenkel, der sorgsam vom Boden abgehoben ist. Am Handgelenk kippt die Hand scharf nach innen ab. Wie gebrochen. Die Hand bewegt sich, sticht mit schnellen Bewegungen zu. Sie stützt den Kopf auf den Erdboden, nur keinen Blick auf die Schenkel. Ihr linkes Bein ruht ausgestreckt auf dem Boden. Ihre Hand gleitet, bis zum Äußersten angespannt, am linken Oberschenkel vorbei in den Sand. Die Finger fassen fest zu bei jedem verzweifelten Stoß. Das Land schweigt. Aus der Ferne ist sie nur ein Mal auf dem Erdboden.

Der Körper nimmt jede ihrer Bewegungen an. Die Beine weit gespreizt, beide Knie jetzt höher und höher gestellt in das ewige Licht des Tages, lauscht sie nach innen auf das

Zittern, das sie erwartet. Und sie spürt es. Es kommt mit der lauwarmen Flüssigkeit, die ihren Arm hinunterläuft wie Wasser aus einem randvoll gefüllten Topf, der unbedeckt in der Sonne steht und nun überläuft, ein Gefäß, aus dem die lauwarme Flüssigkeit rinnt, dann strömt, stürzt, peinigt. Ein Schmerz bleibt zurück. Woge um Woge, und die laue Wärme wird dicker, trotziger. Es ist ihr eigenes Gefäß, das bis zum Bersten gefüllt ist. Sie selbst ist es, ihr eigener, schrecklicher Schmerz über einer dünnen Grenzlinie des Werdens, die sie mit einem Mal nicht mehr versteht; sie ist zu schwerelos. Und zu schwer. Sie ist es selbst. Sie umklammert dieses Sein, wappnet sich gegen das Zerreißen. Wie vermodertes Holz bricht ihr Körper auseinander. Abgrundtief in der nahen Kluft in ihr, so nah am Herzen, dass es abgrundtief und nah zugleich ist. Sie traut sich nicht, ihre Verletzung anzusehen. Sie ist zu neu und zu nah am Herzen.

Der Schmerz übertrifft alles, was sie sich bislang vorstellen konnte. Ein schneidender Schmerz. Sie hält ihn in ihren Ellbogen, die sie hinter sich in den Erdboden drückt. Sie muss den Schmerz irgendwo außerhalb ihres Körpers ablegen. Irgendwo anders. Doch hier gibt es nichts, wo sie etwas verstecken könnte. Keine Zuflucht. Nur ihre Finger verschmelzen mit der Qual ihrer Erlösung. Ihre rechte Hand ballt sich zur Faust. Sie muss ihren Schmerz annehmen, um ihn wahrhaben zu können, in ihm zu leben, seine wahren und falschen Schattierungen voneinander zu scheiden, weil sie verzweifelt begehrt, was hinter dem Schmerz liegt. Sie begehrt etwas Unbestimmtes und Ungedachtes. Einfach nur sein. Irgendeine Art Leben. Nur nicht dieses. Um auf die wunderbare Anhöhe zu gelangen, muss sie den Felsblock aus Schmerz und Qual besiegen, und deshalb übergibt sie ihm ihren Schrei, ihre Zeit und auch ihre Freude. Sie denkt an ihre Freude. Sie sehnt sich nach einem Hügel, nach einem Umriss, über den ihre Augen gleiten, bevor sie den Himmel berühren kann. Sie sehnt sich nach dem starken Ast eines Baumes, der nur darauf wartet, dass sich Vögel auf ihm niederlassen, sie sehnt sich nach irgendetwas, mit dem sich die Furcht befreien lässt. Keine Erleichterung in Sicht. Stattdessen wird der Schmerz heftiger, zerrt an ihr. Er brennt, brennt bodenlos, übersteigt alles, was sie tun könnte, um ihn umzukehren. Er wirbelt und wühlt sich durch ihren ganzen Körper, und sie ist Blitzeszucken. Ein Hitzestrahl.

Sie entgleitet sich, eine Schwimmerin in geräuschlosem Wasser, gleitet durch etwas Weiches und Flüssiges, das sie ganz umgibt, und es scheint, als hätte sie hinter sich gelassen, wo sie und was sie gewesen ist. Und eine Ewigkeit vergeht, ein Loch in der Zeit, von dem sie nichts weiß. Da ist nur diese Ruhe, dieses Nichtteilsein, dieses Nichtteilhaben an ihrem Körper, nicht an dem Himmel über ihr, nicht an dem Baum, der nicht vorhanden ist, den sie sich nur einbildet, nicht einmal an dem Nichthiersein der Hügel, die sie sich vorstellt, nicht an der Leere und an keinem Wesen. Nicht hier. Stattdessen eine stumme Spanne aus Zeit dort, wo sie nicht ist. Nicht sein. Die weiche Flüssigkeit ist jetzt voller Licht. Phephelaphi.

Ihr Rücken ruht auf dem Boden, und ihre Knie zittern. Ihre Schultern sind zur Hälfte im weichen Erdreich begraben. Ihr Kopf wendet sich nach links, und ihr Gesicht liegt auf der linken Schulter. Ihre Augen warten. Tränen drängen durch ihre fest geschlossenen Augen und folgen den Spuren jeder Furche, jeder Linie aus Schrecken und Bestürzung. Eine Hälfte ihrer Unterlippe ist zwischen den Zähnen gefangen. Festgehalten im Widerstand gegen das Aufgeben. Sie drückt ihr Gesicht weiter gegen die Schulter, bis ihr Kopf in die beständige Wärme der Sonne gehüllt ist und ihr Haar die Farbe des Sandes angenommen hat. Verwandelt, aufgesogen. Ihre ganze Gestalt ist eine hölzerne Maske, die durch den Treibsand driftet. Tropfen um Tropfen begrüßt das Land ihre Tränen wie einen Regen.

Sie ist Blitzeszucken. Brennt wie Blitze. Sie ist Feuer und Flamme. Sie ist Licht. Dann bekommt sie in ihrem Kummer etwas zu fassen. Sie umklammert dieses Wesen, das so tot ist wie eine Wurzel und keinen Halt verspricht. Kein Versprechen von Erlösung und Heilung. Eine Hoffnung nach der anderen vergilbt. Langsam löst sich ihre Umklammerung, und sie gleitet erneut in die sanfte Leichte eines flüssigen Stroms. Ihre gespreizten Beine. Ihr Körper löst sich in dem wahrsten Kern des Schmerzes auf. Sie muss aus dem Boden heraus, doch ihre Bewegungen sind wie eine Folter. Sie richtet das Gesicht wieder auf ihren Körper, entspannt die Ellbogen. Ihr Hals, nach vorn aufgerichtet, sucht, dreht sich erneut nach links, spürt etwas Fehlendem nach. Vor sich sieht sie ihre hochgestellten, auseinander gespreizten Knie. Dahinter ein Streifen leeren Landes. Dahinter der Dornenstrauch.

Der Dornenstrauch, aus dem sie vorher die längste und stärkste Nadel gezogen hat, die sie finden konnte. Jetzt leuchtet der Busch voller roter Punkte. Das Rot überrascht sie und füllt ihr die Augen, weil es zuvor nicht dort war. Vielleicht ist sie einfach zu müde. Vorsichtig blickt sie noch einmal auf den Busch, der jetzt mit roten Blüten übersät ist. Da sind wirklich rote Blüten. Sie führt das auf ihre Unfähigkeit zurück, sich zu erinnern, wo sie ist und was geschehen ist. Mit einem Mal dann ein lauter Schauder, ein Ausbruch, der sich als schriller, zerbrochener Chorus in den Himmel erhebt, dann erkennt sie, dass die kreisenden roten Punkte die Schnäbel Dutzender grauer Vögel sind, die zwischen den Dornen gerastet haben. Die Vögel fliegen davon mit einem Schrei, der in alle Winde zerstiebt und wie eine Welle über sie kommt. Über ihr breitet sich ein gesprenkelter Schatten aus, der eine Vielzahl schlagender Flügel in sich schlängelnden Streifen am Himmel lässt. Die roten Tropfen wirbeln um ihren Körper und winden sich in ihr Gedächtnis.

Phephelaphi schiebt sich den Rock den schauernden und feuchten Rücken hinauf. Der Rock ist eng. Sie dreht ihn auf eine Seite und spürt, wie der dicke Bund an ihrer Haut reibt, sich gegen ihre Bewegung sträubt. Ein schwarzer Knopf fällt ab. Eine Erinnerung fällt ab. Der Knopf ist von ihrer Bluse abgesprungen. Halb begraben liegt er neben ihrem linken Ellbogen. Der Reißverschluss zerkratzt ihr den Rücken, als sie den Rock weiter zur Seite zieht. Sie dreht und dreht ihn, bis ihr linker Finger den Reißverschluss zu fassen bekommt und öffnet.

Der Bund gibt nach, der Rock wird weiter. Jetzt lässt er sich leichter bewegen. Sie stößt den Körper nach vorn, um den Rock ganz zu befreien. Sie zieht die Rockfalten zu einem Bündel zusammen, das sie unter sich verwahrt. Sie schützt ihre Kleidung. Das kalte Metall des Reißverschlusses zieht sich über den Nabel. Ihr Körper ist fast nackt. Bis auf die Bluse. Ein Knopf an der offenen Vorderseite ist abgegangen. Sie ist nackt, bis auf das Gewicht ihres Leidens, das Gewicht des Mutes.

Das Land ist ausgedörrt. Weit weg der Regen, zu lange her. Der Sand ist locker und rutscht unter ihren Ellbogen weg wie ein ermüdeter Windhauch. Ihre Ellbogen sind in den Sand gegraben. Ihre Fersen in den Boden gepresst. Ihre Angst durchtränkt die Erde. Zu nah, ein unerträglicher, plötzlicher Schmerz, und viel zu weit weg. Verborgen und zerfetzend. Tiefer. Immer tiefer. Und die lauwarme Feuchtigkeit gerinnt. Wird dicker und gegenwärtiger. Wird hart. Gleitet und rutscht wie große Mengen Speichel. Ist aber zu dick, um Speichel zu sein, und zu schwer, als dass sie alles mit dem Verstand erfassen könnte, zu außergewöhnlich, zu unverwandt sind der Schmerz und die Berührung.

Für einen kurzen Augenblick trägt der Himmel Hügel in sich. Im Himmel stehen viele Berge. Sie kann sehen, wie sich der Hang zum Tal neigt und sich die Sohle mit der Ruhe füllt, die in ihrem Körper nistet. Ein Gefühl, sauber und bestimmt, durchflutet sie. Sie nimmt es an. Auch dann noch, als es schwindet, die Tränen ungewollt in die Augen steigen, als der Schmerz ihr den Rücken hochkriecht zu verborgenem Ort und ihre Augen sich gegen das strahlende Licht schließen. Das Tal steht ihr noch immer in den Augen, und so kann sie ein kleines Versteck finden, während sich die Hügel übereinander lagern und jeden Splitter ihres Schmerzes mit schützenden Schatten füllen.

Wir tragen die Sterne in unseren Augen, deshalb sind wir allein. Wir müssen erst noch geboren werden. Und manche werden nie geboren. Geboren zu werden bedeutet Glück und Möglichkeiten, in das Morgen zu überleben, Antrieb und bloßen Eigennutz. Sie hatte keinen Sinn mehr dafür.

Während sich das Kind aus ihr herauswindet, denkt sie an etwas anderes, entdeckt, dass der Himmel so niedrig hängt, dass er ihre Knie ziert, die schwach sind und sich beugen. Die Hügel sind verschwunden und fort. Ein einziger Lidschlag hat sie zu Boden gestreckt. In einer Mischung aus Lachen und Tränen sieht sie die karmesinroten Schnäbel wieder, rote Schrammen auf einem tiefblauen Himmel. Mit stummen Schwingen fliegen sie zum Dornbusch zurück, wehen einen Schatten wie einen flüchtigen Windhauch über sie hin. Unter dem Schwung und dem Rhythmus der Flügel erstirbt alles Geräusch. Die Vögel verschmelzen mit den teilnahmslosen Dornen. Erneut umfangen schöne rote Blüten den Busch. Sie kann die Pollen riechen und die Bienen sehen. Sie lacht das verrückte, stille Lachen einer einsamen Frau, voll schicksalhafter Erkenntnis und bedauernswerter Sehnsucht. Aus der Ferne ist ihr Lachen nur ein Mal auf dem Erdboden.

Ihre Schenkel zittern. Ihr Körper liegt weit entfernt von der Zuflucht der Büsche, die keine Blätter haben und keine Erleichterung versprechen. Sie vergräbt den Kopf in der Beuge ihres rechten Armes, oberhalb des Ellbogens. Sie muss die Augen schließen und die Arme übereinanderschlagen, um dieses letzte Sickern der Sehnsucht zu stützen. Woge um Woge bricht sich Bahn wie eine Flut, die über die Ufer des Flusses tritt und an ein neues Gestade schlägt, welches das Wasser bisher noch nicht kannte. Sie befindet sich auf dem Grund des Flusses. Dort ist es trocken. Unberührt bleibt sie von den Fluten, die durch das Flussbett toben. Der Fluss ist eine pochende und betäubende Allgegenwart. Das Wasser ist keine Flüssigkeit, sondern ein flüssiger Wind – ein Feuerteich, in dem sie ohne Unterlass brennt. Nichts ist geboren worden. Überhaupt nichts. Nichts ist genommen worden.

Die Zeit schließt ihr die Augen und lässt dann sacht eine unentdeckte Kraft in ihr aufwallen, die sie nach vorn wirft wie ein Blütenblatt, das von einem Windzug getragen wird. Ihre Finger sind feucht von Schweiß. Die Haut brennt. Die Zeit erträgt jeden Bruch, als blühe eine Blume. Oder als würde ein Blatt gereinigt.

Gemeinsam warten Dornen und rote Blüten. Auf unsicheren Beinen steht sie neben dem Busch und flicht eine Wiege aus Dornen. Ihre Finger beginnen zu bluten, als sie die kleinen Zweige bricht, diese winzigen Strauchflügel. An ihren Händen reißt die Haut auf. Die zarten Blüten lässt sie ganz. Sie webt ein Nest, eine grobe Wiege aus Dornen, die sie dem Boden neben ihren Füßen darbietet, auf dem ein bohrender Schmerz zerfließt. Wie ein Sieb nimmt die Wiege das Blut auf, das aus ihr herausfließt. Die grauen, glatten Spitzen der scharfen Dornen schauen einander mutig an, ein fest gebautes Nest, darüber ihr Körper, im Licht schimmernd. Und unter ihr windet sich das Kind, dieses Nochnicht, langsam aus ihr heraus.

Fällt in einen Korb aus Dornen auf dem losen Sand, in dem sich jedes Sandkorn vom anderen abstößt, das andere nicht berühren will, nichts von ihm wissen will, nicht zu ihm gehören will. Pfeile aus Licht, die scheinbar nicht aus einem einzigen Ursprung kommen, aber durch ihren ganzen Körper zucken, als sei sie ein durchlässiges Häutchen, welches das Innere einer Eierschale bedeckt.

Sie spürt die Hitze an der Innenseite ihres Armes, über dem Ellbogen, der verborgenen Beuge ihres Fußes und weiß, dass sie nirgends als hier den Blütenblättern näher ist. Sie liegt auf der Erde, mit schwerer, vom Schmerz verzerrter Stirn, hinter den Ohren strömt Schweiß. Ihr Schmerz ist grenzenlos. Sie liegt auf der Erde, wehrt sich gegen eine wilde Angst und dagegen, aufzugeben.

Sie zieht an dem Nylonpetticoat, der auf ihren Hüften sitzt, unter dem Rock. Zieht ihn herunter zu den Knien und über die Füße. Als sie ihn ausgezogen hat, wischt sie sich mit dem Nylonstoff die Stirn ab. Der Stoff gleitet über ihre Haut, sinkt neben ihr zu Boden. Obwohl ihr die Hände zittern und sie schweißnass sind, hebt sie ihn immer wieder auf und legt ihn sich auf die Stirn. Wieder und wieder. Als sie fertig ist, ist ihr Gesicht zum Bersten trocken.

Nichts in ihr ist getröstet, nichts verborgen. Sie nimmt das Tuch von der Stirn. Das Stück Stoff ist nass, so nass, dass die Feuchtigkeit durch ihre Finger rinnt, glitschig geworden ist und angefüllt mit der Wärme ihres Körpers. Sie spürt, wie das nasse Tuch auf sie fällt, langt nach unten und stopft sich den Nylonpetticoat zwischen die Beine.

Der Rock unter ihr ist eine harte Masse, die zwischen ihrem beängstigenden Schmerz und dem Boden liegt. Ihr linker Arm legt sich um ihren Körper, findet den Klumpen Tuch und zieht ihn nach oben. Ihre ganze linke Seite liegt jetzt auf dem nackten Boden, und sie begreift sofort, dass dar zerknitterte Rock, obwohl er so hart und steif geworden ist, dass ihre Seite beständig wehtat, zu einem Anker geworden ist. Ein ankernder, haltender Schmerz. Sie legt sich das Stück Stoff über den Körper und versucht, den Petticoat und die Wärme zwischen die Beine geklemmt, sich vom Boden zu erheben.

Das Land, sanfte, geschmeidige, fein bröselnde Erde, trägt den Abdruck ihres ganzen Körpers. Sie sieht die Stelle, an der sie begraben war, als sie sich vom Boden erhebt und das Blut in den Petticoat strömt. Das Blut tränkt den Stoff. Sie schließt die rechte Hand und umfängt mit dem dünnen Nylonstoff die laue Wärme, die nicht länger mehr ihr gehört.

Unveränderlich und stetiger. Sie nimmt jede Bewegung ihres Körpers in sich auf, und die Flüssigkeit rinnt über ihren Arm, über das rutschige Nylon in ihren Fingern und das ungeborene Kind, das noch zu klein ist, um ein Kind zu sein, bloß ein Etwas ist, das sich in das Nylon mischt, etwas Bösartiges und Unfreundliches inmitten der Spitze, die sich am Saum entlangzieht, und des dehnbaren Bundes, der das Nylon zu hübschen rosa Rüschen schürzt, die in ihrer Hand glitzern und glänzen. Heimlich schließt sie die Hand zur Faust.

Der Boden ist weich, sie schiebt ihn mit den Fingern zur Seite. Es geht ganz leicht. Hände voll Erde, die mit dem Geruch der Sonne gebrannt sind, und lockere, ganz lockere Sandkörner. Die Sandkörner bewegen sich frei, glimmen im Tageslicht. Die Erde zwischen den Sandkörnern ist ein feiner, brauner Puder, zermahlen zu heiliger Schwerelosigkeit. Ihre Finger sind nass, und so bleiben die Sandkörner an der Feuchtigkeit haften, klettern ihren stummen Arm hinauf. Schnell sammelt sie die überreichliche Erde, und ihre Bewegungen sind grazil und leicht wie ein Gruß. Plötzlich stößt sie unter der weichen Erde auf harten Grund. Ein schwarzer, harter Helm, unverwüstlich, so dass es ihr nicht gelingt, ihn auszuhöhlen oder zu durchbrechen.

Ist. Ist. Ist. Die Erde ist. Einfach so. Sie bewegt sich nicht. Keine Freundlichkeit haftet ihr an. Sie ist eine einzige gewalttätige Stille. Ein gerades, flaches Dach versiegelt den Schoß der Erde. Auch Wasser wäre nicht imstande, ihren starren Zugriff zu lösen, ihren unbeugsamen Willen. Phephelaphi gräbt sich ein, wie manche Tiere es tun, aus Angst, geschlagen zu werden. Tiere, die keinen Ort haben, an dem sie sich verstecken können, deren Fell zu leicht auszumachen ist, deren Ausdünstung, wiewohl dafür gedacht, sie zu schützen, eine Spur zurücklässt, zu deutlich, als dass über sie hinweggesehen werden könnte. Deren Verzweiflung, deren Bewegungen von einem vollkommenen Argwohn und Misstrauen erzählen. Der Grund ist aus Fels und widersteht jedem Versuch, ihn mit ihren verzweifelten Händen zu öffnen.

Nur die weiche Erde rutscht zur Seite und häuft sich, rutscht zur Seite und häuft sich. Die weiche Erde wächst zu einem Hügel, hinterlässt eine Senke für ihre warmen, noch nicht geflossenen Tränen. Sie ist so fein und staubig, dass sie, wenn sie die Erde mit den Händen zusammendrückt, zu einer Kugel zusammenbackt. Und doch setzt schon der leichteste Luftzug sie wieder frei, und sie verwandelt sich in Luft. Da unten aber ist der Boden noch weit trockener, angespannt wie ein sich wiederholender Traum, fest und zusammenhaltend. Er ist dunkler auch, und sein Sieg kommt dem Schmerz unterhalb ihrer Schädeldecke gleich, wo sie ein beständiges Brennen spürt. Was brennt, wird bald zu Asche. Sie gräbt an diesem Mark vorbei, die Erde ist weich, nachsichtig, voller Vergebung. Ist zu Asche gebrannt. Sie nimmt die Erde in die Schale ihrer verschränkten Finger, hebt sie hoch über den Kopf, noch höher, löst die Finger, und wie eine süße Erinnerung fällt sie zu Boden.

Sie muss an ihren Durst denken und fragt sich, wie lange es noch dauern wird, bis sie Wasser kosten kann. In ihrem

Verlangen wohnen die nachgiebige Erde, die weich ist wie Lehm, und der Geschmack des Wassers. Sie sehnt sich nach einfachen Wahrheiten; einen Morgen nur mit der aufgehenden Sonne und wie sie die Erde streichelt, nur das. Sie lacht über ihre Sehnsucht danach, dass etwas beginnen möge, etwas Harmloses wie ein Sonnenaufgang, etwas, das sie nicht an ihrem Körper messen muss. Irgendwo da draußen, aufreizend, weit hinter dem Horizont. Ja, ein Sonnenaufgang mit einem wilden Aufruhr von rotem Staub vielleicht. Das ist es. Vertraut und frei. Ein flüssiger Gärstoff.

Wassermangel. Wasser verbindet die Dinge. Zwei Steine werden eins in einem Teich, in der Luft aber bleibt jeder stolz und allein. Zwei Stöcke, zwei Augen, die dem Gesicht eines Kindes gehören. Wenn eine Pflanze vertrocknet, trägt sie es mit der Gleichgültigkeit eines Steins. Häufig verbrennt sie. Wird leicht wie Staub.

Sie befindet sich in ausgedörrtem Land. Wartet in die Ewigkeit hinein. Sie gräbt sich in die Erde, die Zunge überrascht zwischen den Zähnen. Ihr Augenmerk auf eine zarte Weichheit gerichtet, die so eine undurchdringliche Mauer hervorbringt. Eine stille, sandige Erde, darunter ein unbewegter Grund.

Die Dornen gleichen der scharfen Linie des Horizonts. Hier lassen der Morgen wie der Tag die gleiche schneidende Kreislinie von Himmel und Erde erkennen. Solange kein anderer Gegenstand in das Gesichtsfeld bricht, bleibt eine Veränderung der Körperhaltung bedeutungslos, bringt keine Abwechslung in diesen ewig gleichen Blick über die Schulter. Außer natürlich, du weißt etwas über die Wolken, ihre Formen, das Gewicht, worauf das Auge trifft, das Wasser, das sie mit sich führen, oder das, was sie zumeist nicht mit sich führen. Wenn da Wasser wäre, könntest du es wie Blütenstaub aus der Wolke saugen. Richtungsänderung meint etwas völlig anderes, vielleicht eine Wahrheit über das Leben, sicherlich aber nicht die Bewegung der Schulter, die sich gegen einen Baumstamm lehnt oder einen Felsblock oder einen Fluss oder die Hoffnung.

Erstrahlt der Himmel ringsum in unerschütterlichem, gnadenlosem Blau, dann suchst du nach den winzigen geflüsterten Sinnsprüchen, die sich in fließender, vergehender Bewegung in den Himmel hinein und aus ihm heraus winden. Dieser ferne Tanz hoch oben ist so unscheinbar wie ein flüchtiger, über einen Federhügel wehender Lufthauch. Ein beunruhigender Anblick, der nicht den Gegenstand selbst verändert, weder sein Vorhandensein noch seine Wirklichkeit, sondern die Gefühle, die er auslöst. Es ist eher eine Vorstellung, die – wie der unschuldige Atem eines Kindes, der über ein Reiskorn hinwegstreicht – die gebrochene Schale freisetzt.

Manchmal schwanken da dünne und schmale Stößel, schwebend gleichsam, sehen sie aus wie Termitenhügel im Himmel. Und die ganze Himmelsschale sieht aus, als ob Hügel durch sie hindurchzögen. Dunkle Hügel, über denen weißer Rauch sich kräuselt. Dazu noch Felsen, die sich über die Kanten kleinerer Felsen türmen und häufen und den Himmel an allen Enden seines Horizonts berühren. Nichts Torkelndes ist an ihnen, sie sind nur eine gerundete Wirklichkeit. Das ist die Trockenheit, nicht das Wasser.

Ein Knacken ist zu hören, wie von dünnen und trockenen Zweigen; das Brechen eines Astes.

Die Glätte ihrer Schenkel ist schön wie ein erinnerter Duft, der zu einem anderen Augenblick hinträgt, einem vereinzelten Augenblick, der nicht vom Wasser verbunden wird. Dort ist ein sicherer Ort. Der Augenblick ist kurz und geht vorüber. Die Berührung am Innern ihres linken Schenkels währt wie ein verlängerter Seufzer.

Der Himmel hängt tief und erleuchtet alles mit seinem Glühen. Die Sandkörner sind ein einziges silbernes Glitzern.

Wie Tautropfen. Die Luft kühlt ab zu beißender Frische, und sie spürt sie an der Stirn, fühlt, wie die winzige Brise anschwillt und ihr die Augen fächelt. Sie schließt die Augen, horcht, wie ihre Haut abkühlt. Ihre Knie werden kalt. Alle Last löst sich auf unter der Kraft, die sich in ihren Knien sammelt, und sie weiß, dass sie wieder laufen und eine Zuflucht für sich finden kann.

Das Herz, das da schlägt, ist ihr Herz, es sind ihre Arme, und sie ist sie. Sie ist aus einer zerbrochenen Schale erstanden. In diesem Himmelszelt liegt eine tröstende Leere. Sie hat den gewollten Verlust ihres Kindes ausgehalten. Gewollt, nicht unerwartet. Erwartet, nicht ungewollt. Das getrocknete Blut an ihren Schenkeln, zwischen ihren Fingern, ihr schmerzender Kopf, in dem sich alles dreht, der trockene Boden, ausgehöhlt und frei.

Dies hier.

Jeder Augenblick gehört ihr, und obwohl ihr jede Einzelheit noch unmittelbar gegenwärtig ist, erinnert sie sich seiner bereits ganz klar und deutlich, lebt darin als Teil von ihm und nimmt Abschied. Als sie aufsteht, muss sie sich erinnern. Die Erde um sie herum, die wie Lehm geformt ist. Dunkel von dem Blut, das ihr gehörte. Ihr Petticoat, der fehlt, begraben unter einer Kruste ausgetrockneten Bodens. Der Rock, der ihr von der Hüfte auf die Knie rutscht. Der Stoff, der seine gefalteten Nähte zeigt, aus denen der Sand auf ihre Füße rinnt. Der Saum, der ihr über die Haut gleitet. Der Rock ist leuchtend gelb und bedeckt ihre Knie.

Als sie den Reißverschluss hochziehen will, ist er entzwei. Sie rafft den Rock, schließt den Knopf am oberen Ende des Reißverschlusses und erlaubt der Bluse, lose und unordentlich über den Rock zu fallen. Der Stoff ist zerknittert. Auch daran erinnert sie sich. An das Durcheinander und das Chaos und die Unordnung. Dabei ging es bei dieser Handlung darum, Ordnung zu schaffen. Die Unordnung zu beseitigen.

Stattdessen sind ihre Finger zerschrammt und bluten. Oben, wo der Knopf abgegangen ist, steht die Bluse offen. Sie schaut sich auf dem Boden um, wo ihr Ellbogen gelegen hat. Der Knopf ist verschwunden, und sie weiß, dass es zwecklos ist, danach zu suchen.

Dort, wo der Knopf angenäht war, hängt noch ein Rest Faden. Sie denkt schon daran, den untersten Knopf nach oben zu versetzen. Dieser Akt wird verändern, wie sie sich fühlt, jetzt, inmitten ihrer Verwirrung. Ihre Brüste sind nackt. Ihre Brustwarzen fühlen sich, als sie am Stoff reiben, weich an, als ob sie gebrüht worden seien, und in der Senke, in der sich ihre Brüste treffen, wird sie von den kühlsten Strahlen der Sonne berührt.

Sie streut weiche Erde über die Flecken auf dem Boden, die überall dort zu finden sind, wo ein waidwundes Tier ein einsames Ritual vollzogen hat. Säuberlich streut sie klaren Sand über die Flecken. Im harten Griff ihres eigenen Schmerzes, in ihrer tumultartigen Erlösung verstreut sie Handvoll um Handvoll. Die feine Erde weht davon, die schwereren Körner fallen schnell zu Boden. Die feine Erde macht blind.

Phephelaphi schließt die Augen und streut ihren Kummer aus. Immer mehr, bis sie einen Hügel um sich aufgerichtet hat. Dann bricht sie auf dem Boden zusammen. Aus einer Erde, die so glatt ist wie Asche, hat sie einen Hügel geschaffen. Sie ruht aus. Ihr Stärke ist wieder hergestellt.

Ein Firmament aus Verzweiflung. Wer immer in diesem Land beerdigt werden muss, wird in den leichtesten Boden gesenkt, den es gibt. So leicht, dass Ameisen ihn davontragen, mit Speichel anreichern und Gebilde schaffen, welche die Bäume überragen.

SIEBZEHN

Die Zeit weitet sich wie Flussufer während einer Flut.

Wochen vergehen, bis Fumbatha zurückkommt. Sie wartet mit äußerster Anspannung. Gleichzeitig ist sie dankbar, dass er nicht da ist. Körperlich fühlt sie sich jeden Tag besser. Aber sie geht wie benommen umher, kann ihren Schmerz nicht begraben, ist sich nicht sicher, ob sie vom Tod Abschied genommen hat oder vom Leben. Sie ist in zwei Hälften zerrissen, ein Teil von ihr ist gestorben, der andere lebt, und sie weiß nicht, welcher stärker ist; ihr Schmerz rührt auch von diesem Kampf. Ist sie wach, zehrt die Versuchung an ihr, einem Fremden zu erzählen, dass ihr Leben vorüber ist. Ein Fremder würde die Bruchstücke sammeln und in den Wind werfen.

Angst geht in Qual über. Sie denkt an die Fahrradklingel, die ihr den Brief gebracht hat. Ein Lied erhellt ihre Lippen, aber sie findet keine Worte. Sie versucht es wieder. Keine Worte, nur deren Gestalt, eine wilde Klingel, Salz auf ihrer Zunge. Aufgehäufter Staub. Eine vergessene Melodie. Fingernägel, die sich in Handflächen graben, so weich wie vermodertes Holz.

Sie hört das Knacken im Asbest, wenn sich das Dach über ihr dehnt und zusammenzieht: ein Geräusch, als schlügen Knochen aneinander. Ihr Körper schwankt zwischen heftigen Hitzewallungen und Kälteschüben. Eine Landschaft taucht auf, die sie kaum erkennen kann, und schürt ihre Zweifel. Wo die Furcht gesessen hat, erstreckt sich jetzt ein leerer Fleck; irgendetwas ist verschwunden. Danach zu suchen ist lebenswichtig. Sie stolpert und schlägt hin. Keine Schuhe. Mitte Juni aber herrscht Winter. Ihr Fuß ist über ein Metallblech gestolpert, das außerhalb des Geländes der United School herumliegt. Das Blut auf ihrer Schreibtafel stammt von ihren Fingern; sie hat den verletzten Fuß mit bloßen Händen abgewischt.

Wohin ihre Seele auch streift, überall stellt sich ihr ein Hindernis entgegen. Etwas Fremdes, größer und stärker als sie, hat einen fürchterlichen Schatten in ihr Dasein geworfen, ihre Seele in unversöhnliche Teile zersplittert und ihr Gedächtnis in Stücke gebrochen. Der Schatten hat jedes Fragment verschlungen, ihr einsames Suchen, und deshalb fragt sie sich, warum es ihr noch immer nicht gelingt, die Augen zu schließen, zu schlafen und zu vergessen, wie der feine Staub ihr die Kehle auslaugte, sich ihr in den Weg stellte.

Das Zimmer ist so klein, dass es ein nutzloses Unterfangen wird, auch nur einen Gedanken zu verbergen. Phephelaphi rafft sich auf. Sie kehrt an die Oberfläche zurück, fühlt sich wie ein Strom aus Licht, als habe sie tagelang nichts gegessen, als türme sich in ihr Welle auf Welle. Sie nimmt ein feuchtes Tuch, bückt sich und wischt die Blutstropfen überall im Zimmer fort. Flink bewegen sich ihre Arme, vor und zurück. Sie will genesen sein, bevor Fumbatha zurückkehrt und auf die verborgene Wahrheit ihrer Tat trifft. Sie wartet.

Am häufigsten muss sie an Zandile denken. Schmerzerfüllt schließt sie die Augen und sieht Zandile vor sich, wie sie die Hand auf die Hüfte stemmt, mit dem Rücken am Kleiderschrank lehnt. Sie denkt daran, wie Zandile sie beiseite genommen hat und ihr das Kleid schenken wollte, das sie vor langer Zeit, damals in den zwanziger Jahren, getragen hat. Erst prüft Zandile, ob Boyidi ihre ängstlich geflüsterten Worte hören kann, dann wendet sie sich Phephelaphi zu, die erstaunt auf diese neue Zandile schaut, die überfürsorgliche Zandile, die ihr ausgerechnet das schenken will, was sie an ihrer Vergangenheit am meisten schätzt, die den Anschein erweckt, als sei ihre Freundschaft mit Gertrude ein einmaliger Gewinn, der ihr auf jede erdenkliche Weise zugute gekommen ist, dass es aber an Phephelaphi liege, die Wahrheit dieser Freundschaft zu erhalten, ihrer Unschuld Bestand zu verleihen.

Phephelaphi lehnt das Kleid ab. Für sie steht schon fest, dass Zandile wie eine Spinne ist; sie will sie in einem Spinnennetz fangen. Als sie ablehnt, glitzert es in Zandiles Augen; sie ist nicht die Frau, die mit einer Abfuhr umgehen kann. Jetzt redet sie mit Phephelaphi, als sei sie ihr völlig gleichgültig; in gierigem, spöttischem Ton, als habe sie nicht vor wenigen Augenblicken noch versucht, ihr etwas zu schenken. »Du bist kein Mann, Phephelaphi. Was willst du in Makokoba, wenn du kein Mann bist? Weißt du nicht, dass eine Frau nur einen Moment hat, in dem sie ihr ganzes Leben auskosten muss? In diesem Moment muss sie entscheiden, was ihr gehört und was nicht. Und nur die Zeit zeigt, ob die Entscheidung richtig war oder falsch. Makokoba ist nicht gerade freundlich zu Frauen wie dir, die so tun, als seien sie Schmetterlinge, denen jede Blume, die sie sich erwählen, ihre Blütenblätter öffnet.«

Zandile tut so, als kenne sie Gertrude so gut wie ihren Schatten. »Ich habe mir in Makokoba mein eigenes Heim gebaut. Nicht aus Asbestplatten, sondern aus Ziegeln und Zement. Mit nur einem Zimmer, aber es ist mein eigenes, festes Haus«, sagt Zandile. Sie erinnert Phephelaphi. An dieses und jenes. An ihre eigene tiefe Verletztheit.

Phephelaphi wartet, dass Fumbatha wiederkommt.

Fumbatha empfindet jedes Mal, wenn er Phephelaphi verlassen muss, einen schweren Verlust. Dahinter steht nicht die Angst, sie könne nicht mehr da sein, wenn er zurückkehrt, eher die Angst davor, sie könne ihn aus ihrem Leben ausgeschlossen haben. Er empfindet den Schmerz über ihre Trennung, als habe sie ihn schon mit Worten abgewiesen. Die letzten beiden Nächte mit ihr waren ihm am schwersten vorgekommen. Er möchte fragen, warum.

Er verlässt sie voller Erleichterung, dass er woanders hingehen muss. Er kann über ihr Schweigen nachgrübeln, so viel er will; es bleibt ein Schatten, den er nicht genau bestimmen kann. Er sieht zu, wie sie in dem Abgrund verschwindet, der sich zwischen ihnen aufgetan hat, als ob sie in einem Fluss untertaucht. Sie nimmt nicht wahr, worüber er spricht. Er hält seine Fragen zurück. Er geht fort.

Er hat es nicht eilig wiederzukommen. Er erinnert sich. Phephelaphi, wie sie sich auf das Bett setzt, neben ihm niedersinkt, sich an ihn presst. Ihr Körper warm, ihre Augen bar allen Begehrens, und doch gelingt es ihr, ihn zu erregen, ihn zu sich zu holen. Sie streicht mit der Hand über seinen Rücken, mit der anderen Hand zieht sie sacht seinen Kopf zu sich herunter. Ein scharfes Einsaugen der Luft, als sie ihn in sich aufnimmt, und er hält inne, zieht sich zurück, doch sie lässt ihn nicht los, nimmt ihn wieder in sich auf. Ganz fest hält sie ihn zwischen ihren Schenkeln. Sie fürchtet sich vor Nähe, als würde er ihr Schaden zufügen. Fumbatha fragt sich, ob sie während seiner Abwesenheit einen anderen Mann kennen gelernt hat, doch dieser Gedanke jagt ihm schreckliche Angst ein, und er schiebt ihn schnell beiseite. Sie hat geweint. Die Wahrheit, die dahinter liegt, wiegt zu schwer, als dass er sich davon lossagen könnte.

Er will ihr zeigen, dass er sie braucht und ihre Ablehnung dies nicht zerstören kann. Er braucht sie. Sogar, wenn sie sich vor ihm verschließt und ihn beobachtet. Weiß sie denn nicht um den wahren Wert der Zeit, die zwischen ihnen beiden vergangen ist; dass diese Zeit, die sie gemeinsam verbracht haben, einer Ewigkeit gleicht? Weiß sie denn nicht um den wahren Wert des Abstands zwischen ihnen; dass er sie berühren kann, ohne auch nur einen Finger zu heben?

Um den wahren Wert der Erinnerung; ihr Körper, vom Wasser umhüllt? Um den wahren Wert der Hingabe – nur sie könnte seine Kinder austragen, und nur dann könnte er neue Träume träumen und alle Kinder vor dem Ertrinken retten? Um den wahren Wert der Rettung – wenn ihre beiden Arme warten? Um den Tod; wenn er bei ihr keine Zuflucht findet?

Phephelaphi sagt nichts über die Ursache ihrer Sorgen.

An dem Tag, an dem er wieder fort muss, benimmt sie sich, als habe sie vergessen, wer er ist, als sei sie sich seiner Gegenwart kaum bewusst. Er bleibt noch eine Weile, möchte einen Beweis finden für seine Überlegung von einem der vorangegangenen Abende, dass sie zu lieben etwas ist, das nicht ihren Körper betrifft, das unabhängig ist von ihrer Entscheidung zu geben, zu empfangen, zu teilen. Er spürt, wie die Sorge sich wie ein kalter Schatten auf ihn legt. Diesmal zieht er sich nicht von ihr zurück, sondern fährt fort sich zu bewegen, bis er sie schließlich freigibt.

Er ist mit ihr gemeinsam im Fluss und hält den Atem an, wie sie es ihm gesagt hat. Er kann überleben, auch wenn sie ihn aus ihrem Leben aussperrt. So lange wie möglich hält er den Atem an und zahlt einen Tribut an die Ewigkeit. Immer wieder versucht Fumbatha, zwischen seinen Atemzügen, der Bewegung seiner Schultern und dem Schweigen Phephelaphis, sich an die wahrsten Worte zu erinnern, die eine Frau ihm anvertraut hat.

Phephelaphi sagt nichts. Nichts, das seine Furcht bannen könnte. In jener Nacht träumt er von einem See aus Licht und sieht, wie sein Vater ertrinkt. Am Morgen schlüpft er schnell aus dem Bett und verlässt das Zimmer, bevor sie die Augen aufschlägt und ihn mit diesem ihm inzwischen vertrauten leeren Blick verfolgt, der ihm sagt, dass er ihr fremd ist und dass alles, was sie von ihm weiß, sein Name ist. Er kann es nicht ertragen. Wie soll er nach dem Namen seines

Vaters fragen und weiterleben? Wie soll er nach dem Verborgenen fragen, wenn die dauerhafteste Wahrheit nicht immer mit Worten Wirklichkeit wird?

Der Morgen ist dunkel, als er die Sidojiwe E2 hinuntergeht. Ein sanftes Glühen hängt über den Giebeln. Als er an Deliwes leuchtenden Dornbüschen vorbeikommt, sieht er Deliwes Tür nur angelehnt und fragt sich, was für eine Frau das ist, die ohne Reue oder Last, zu jeder Tageszeit und um jeden Preis jeden unendlichen Kummer hereinbittet, der an ihre Tür klopft.

Fumbatha beschleunigt seine Schritte in den Abstand zu Phephelaphi, der ihn bereitwillig aufnimmt. Auf seinem Weg fällt ihm auf, dass die Sidojiwe E2 zu dieser frühen Tageszeit sich von der Sidojiwe E2 zu anderen Tageszeiten nicht im Ausmaß an Licht über Dächern und Hecken unterscheidet, sondern in der vollständigen Dunkelheit, die nur deshalb herrscht, weil keine Kinder auf der Straße spielen. Die Kinder, eingehüllt in Traum und Schlaf, fehlen der Straße, und daher ist die Sidojiwe E2 nicht die Straße, die er kennt. Er geht weiter. Niedergeschlagenheit ergreift von ihm Besitz.

Er wünscht sich, er hätte seinen Abschied verschoben und könnte das Echo tapsender Kinderfüße mit sich nehmen. Ihre schallenden Stimmen, die ihm wie Strahlenbündel folgen.

ACHTZEHN

Er erfuhr es.

Sie hatte keine Ahnung, wann und wie. Zwei Monate vor ihrer Aufnahme in die Schwesternschule im Juni war ihr klar, er wusste, dass sie mit ihrem gemeinsamen Kind schwanger gewesen war. Er wusste Bescheid, das war sicher. Sie schloss dies aus der Art, in der er bestimmte Dinge tat, auf eine Weise, die ihr immer deutlicher ins Gedächtnis rief, wie er diese Dinge früher getan hatte, mit einer Aufmerksamkeit, in deren Mittelpunkt sie gestanden hatte; wie er sie immer einbezogen, sie ganz in Anspruch genommen, zuerst an sie gedacht hatte. Das fehlte, und daraus folgerte sie, dass er Bescheid wusste, auch wenn er nicht davon sprach. Sie schloss es nicht aus der Art, wie er sie ansah, sondern weil er aufhörte, sie überhaupt wahrzunehmen. Er hielt sie auf Abstand und nahm noch vor dem Morgen ihren Arm von seinem Rücken. Das fiel ihr auf. Und wie er ihr gegenüber einsilbig wurde. Kieselsteine, die Worte sind. Er vergaß Dinge. Er vergaß Dinge, die ihr wert waren. Er hörte auf, ihr Lieblingslied zu pfeifen, ließ seinen Overall von der Hüfte herunterhängen und verknotete die Ärmel vor dem Bauch. Er zog die Ärmel ihren Armen vor. Dann saß er da in seinem weißen Unterhemd, das ihm aufgrund der Nachmittagshitze auf der Haut klebte, ließ aber nicht zu, dass sie die Tür öffnete, nicht einmal die obere Hälfte. Er wollte, dass die Tür geschlossen blieb und die Welt unbeachtet.

Das zerbrochene Fenster hatte er ausgebessert. Zwei ganze Tage hatte er dazu gebraucht. Ohne zu fragen, wer es zerschlagen hatte und wie es geschehen war, hatte er eine neue Scheibe besorgt. Sorgfältig schnitt er sie zurecht, schliff sie an den Kanten ab und maß bedächtig aus, das Glas, den Rahmen, erneut das Glas, darauf achtend, dass an den Stellen, wo er es nicht wollte, nichts abbrach. Er legte die Scheibe auf einen Stapel Zeitungen. Seine Knöchel standen hervor, als er sie niederdrückte und zurechtschnitt. Er arbeitete präzise und vorsichtig, hielt den Atem an, als würde es ein Leben kosten, sollte das Glas zersplittern. Die Zähne gruben sich in die Unterlippe. Er wusste Bescheid.

Sie wunderte sich, traute sich aber nicht zu fragen. Sie wünschte sich, dass die zwei Monate so schnell wie möglich vergehen würden, bis sie in das Schwesternwohnheim einziehen und ihre Ausbildung beginnen könnte, so dass sie Ende 1950 ihren Abschluss hätte. Während sie daran dachte, ließ ihr die Frage keine Ruhe, woher er es wusste und seit wann. Er hatte seine Fingerabdrücke auf dem Fensterglas hinterlassen. Sie wollte die Scheibe eigentlich putzen, unterließ es aber tagelang. Sie wollte sich in nichts einmischen, das er getan hatte. Sie wollte ihn um keinen Preis gegen sich aufbringen. Sie lebten jetzt in lähmendem, zerstörerischem Schweigen nebeneinander her. Ihm die Fragen zu stellen, auf die sie eine Antwort wünschte, war ihr unmöglich, deshalb ließ sie es. Wenn er nicht darüber reden konnte, so wollte sie es auch nicht, wünschte sich aber verzweifelt zu wissen, was ihm bekannt war und ob er auch den Atem anhielt wie sie.

Er blieb weg, auch wenn sie wusste, dass er nicht zur Arbeit gegangen war. Er verschwand einfach. Häufig. Es beunruhigte sie, aber sie traute sich nicht zu fragen. Wenn er zurückkam, wirkte er verändert, konnte sie ansehen, lächelte sie an, als wollte er ihr etwas schenken, doch ihr war klar, dass es Verachtung und Wut waren und keine Liebe. Vielleicht eine Mischung aus allem, aber nichts Geradliniges und Sicheres mehr. Sie dachte, es könnte helfen, wenn sie wüsste, wie er es erfahren hatte, war sie doch so allein gewesen, so verzweifelt in ihrer ausweglosen Flucht. Er hielt es ihr vor. Er sagte nichts, doch das war schlimmer als wütende Worte. Dieses siedende Schweigen. Sie forschte nach dem Wie und Wann, fand aber nichts heraus. Sie fing an zu hoffen, dass sie sich irrte. Ihre Furcht verglühte zu einer kleinen, harmlosen Flamme, und sie zog ihn an sich. Sie wollte alles Geschehene vergessen. Wenn sie seine sehnigen Hüften berührte, seinen starken Arm, seinen schmalen Rücken, dann würde sie vergessen können. Sie zog ihn näher an sich als je zuvor. Wollte sich in ihn vergraben und den harten Boden, der ihr die Finger gebrochen hatte, aus ihrer Erinnerung löschen. Abgrundtief war ihre Sehnsucht. Sie beschloss, dass er nicht Bescheid wusste, dass es ihre Angst gewesen war, die sie aufgefressen und ihr vorgetäuscht hatte, er wüsste Bescheid.

Dann war es an ihr, von etwas Unausgesprochenem zu wissen. Als es geschah, versank sie in die bodenlose Tiefe der Erde mit ihrer nicht aushaltbaren Angst. Etwas in der Art und Weise, wie ein Mann dich umfängt und auf das Laken drückt, sein Tempo, die Hast oder sein Zögern sagen dir, wo er gewesen ist und dass sein Körper, bevor er zu dir kam, die lächelnden Arme einer anderen Frau empfangen hat, ihre Schenkel, dass er anderenorts Zärtlichkeit erfuhr, nicht bei dir. Dieses Bescheidwissen, ohne dass es dir gesagt wird, ist eine Höllenqual. Deine Lider und jeder Winkel deines Körpers erhitzen sich und gefrieren zugleich, dann steigt ein verzweifeltes Schäumen in dir auf und ebbt wieder ab, kommt und geht – tief unten in deinem Magen, wo deine Begierde plötzlich klumpt wie geronnenes Blut und der Erinnerung an etwas Unbezeugtes erliegt, an die begehrenden Arme einer anderen Frau, ihre Brüste, die sich seiner Brust entgegenstrecken, von der du dachtest, dass nur du sie kennen und deine Finger auf ihr wandern lassen würdest. Statt Versprechen und seinen Namen wie eine Erlösungsformel auf deiner Zunge zu bewahren, siegt die Erinnerung an das sorglose Lachen einer anderen Frau, die sich die Bluse über den Kopf zieht und die Schuhe unter das Bett schleudert. Die Erinnerung an eine Frau, die sich an sein Schlüsselbein schmiegt und ihr Kinn dort ruhen lässt, während er sie niederdrückt. An eine andere Frau, die mit den Lippen seine Ohrläppchen berührt, die spürt, wie sich seine Hände unter ihrem Rücken verschränken, wie sie an ihr herabgleiten, ihre weichste Stelle finden wollen, wie seine Erregung steigt und er ganz an ihr heruntergleitet und sie liebkost, sie sich hebt und ihren begehrenden Körper vorschiebt und er sie zu sich hochzieht und ihr Innerstes berühren kann und sie dann festhält, genau an der Stelle, an der ihre Lust wohnt, und wie sie sich anfühlt, wie das Morgen ... und seine Stimme im Ohr einer anderen, und sie flüstert das Wunderbare und das wortlose Geheimnis ihres Zusammenseins hinein ... wie sehr er sie begehrt ... dieses Gefühl dabei. Das zu wissen. Er zieht ihre Beine fest um seinen Körper, und sie schließt ihn ein und gräbt die Ferse in seinen Rücken, und er fragt sich, ob er es noch länger aushalten kann, um es auszukosten, es noch über diesen angehaltenen Augenblick hinaus zu empfinden, von dem er weiß, dass er zu Ende gehen wird, nur ein bisschen länger, bevor er wieder festen Boden berührt. Festen Boden bei einer fremden Frau, nicht bei dir. Er flüstert ihr ins Ohr, was ihm in den Sinn kommt, gibt ihr Namen, benennt jeden Teil ihres empfangenden Wesens, gibt ihr all die Namen, die ihr zusammen gefunden habt. Das zu wissen, dass er seine schönen, schlanken Hände woanders hinlegen könnte, woanders so erregt atmen könnte, sein Atmen mit dem Atmen einer anderen Frau vermengen und nicht mit deinem Atmen und deinem Körper und dieser Fremden schamlos in die Augen sehen könnte, mit vollen, befriedigten Lenden, und dass er diese Lenden und sein ganzes Gewicht zwischen den angezogenen Knien einer anderen vergehen lassen könnte, dieser Gedanke ist zu viel, ist wie ein langsames Sterben, und die Zunge wird schwer wie Blei, das Pochen ganz oben im Mund hört nicht auf, bis etwas anderes nachgibt, ein Fenster sich öffnet oder alle Sterne vom Himmel fallen. Und ein neuer Name muss diesem schleichenden Schmerz gefunden werden, der jetzt dort sitzt, wo vorher das Verlangen saß. Deine Augen bleiben geöffnet, in ihnen steht nichts außer Entsetzen, und dann beginnt das Blut von deinen Fersen her zu pulsieren und steigt dir in den Kopf, lauter als alles andere und taub vor endlosem Kummer, taub der ganzen Welt gegenüber, und doch strömt das Blut nach oben und nach unten und zerreißt dir das Mark, den Kern deines Seins, Faser um Faser, und du bist es nicht länger, die da unter ihm liegt, sondern jemand anders. Und du fragst dich, welchen Sinn es macht zu leben, wenn du so fortgeworfen, so wenig besonders, so vergessen, so tot bist. Und warum atmest du noch weiter auf diese unersättliche Weise, warum kannst du deinem Körper nicht befehlen, mit dem Atmen aufzuhören, weil, ja, weil du weißt, wie du es anstellen musst, den Atem zu ballen wie eine Faust. Stattdessen pocht alles laut, nur um dich daran zu erinnern, wie sehr du am Leben bist, wie sehr in den kleinsten Windungen des Lebens gefangen, mit Knien, die sich beugen und spreizen, mit schmerzendem Ellbogen und deiner Seele, die ihre Erinnerungen hegt.

Es wäre besser gewesen, eher zu sterben und in dem feinen Sand begraben zu werden, den sie gefunden und berührt hatte, den sie noch immer zwischen den Fingern hindurch rieseln fühlte.

Wer war diese andere Frau, und wann war es geschehen?

NEUNZEHN

Woher wusste Deliwe von Fumbatha, was sie selbst nicht wusste, etwas Geheimes, das niemand einem anderen erzählt, es sei denn, er glaubt, der andere wäre nicht mehr jemand anders, sondern er selbst?

Fumbatha hatte ihr nie gesagt, dass sein Vater 1896 zusammen mit sechzehn anderen Männern gehenkt worden war. Ganz bestimmt hatte er ihr das nicht erzählt, denn wie hätte sie so etwas jemals vergessen können? Deliwe erzählte ihr davon, erklärte ihr mit hochgezogenen Augenbrauen: »Ein Mann, dessen Vater von einem Weißen gehenkt worden ist, hat eine Menge Stolz. Du musst behutsam mit ihm umgehen.« Phephelaphi fragte sie, von wem sie rede, von welchem Baum und von welchen siebzehn Männern. Sie wollte unbedingt erfahren, wie Deliwe wissen konnte, was sie, Phephelaphi, die jede Nacht mit Fumbatha schlief, nicht wusste und wann Deliwe die Geheimnisse in Fumbathas Körper erkundet hatte.

Sie hätte nicht fragen müssen, denn Deliwe brannte darauf, es ihr zu erzählen. Deliwe gehörte zu den Frauen, die sich nicht fürchten zuzusehen, wie eine andere Frau zu Asche wird. Sie erzählte. Ihr Leben mit Fumbatha in allen Details. Sie, die Ältere, erzählte der Jüngeren davon, ohne zu wissen, dass ihre Worte die Trennlinie zwischen Leben und Tod aufhoben, dass das Leben der Jüngeren mit ihnen aufhörte. Phephelaphi musste sich vergewissern, dass das, was sie hörte, nicht nur die gerechte Strafe für all ihre Verfehlungen war, sondern die reine Wahrheit, und so fragte sie Deliwe, ob sie die cremefarbene Narbe kenne, die wie ein Berg aus Fumbathas Haut ragte, und wo sie sich befinde.

Deliwe wusste Bescheid. Und ohne dass eine Frau seine Hosen herunterziehen und mit ihm zu den Höhen hinaufsteigen musste, zu dem Berg mit seinen zerklüfteten Hochebenen, konnte sie nicht von der Narbe wissen, und deshalb ließ Phephelaphi Deliwe weitererzählen. Vom Flüstern, das anhob, als sie sich ermattet hingelegt hatten, von gehenkten Männern, die in Bäumen verschwanden. Sie fragte sich, warum Fumbatha sie aus dem Umguza River geborgen hatte, wenn er sie nicht genug liebte, um ihr seine ureigenste Wahrheit zu offenbaren. All ihre gemeinsamen Tage verwelkten nun zu nichts, verschwammen, denn sie wusste nichts von ihm, und er hatte nur auf eine fünfzig Jahre alte Geliebte gewartet, die besser als sie verstehen würde, was er nicht jedem Menschen offenbaren konnte, nur Deliwe, einer Frau, welche die Kunst beherrschte, einen Mann seinen Kummer vergessen zu lassen. Phephelaphi musste sich nicht erkundigen, was Deliwe auf sein Geflüster erwidert hatte. Sie hatte ihm all das zugeflüstert, was Phephelaphi ihr anvertraut hatte, und so hatte er es erfahren.

Deliwe, der alles in der Welt ebenso schnelllebig wie vertraut erschien, wusste nichts von Vögeln mit gebrochenen Schwingen, denn sie war von einem zurücksetzenden Wagen angefahren worden und hatte überlebt. Sie hatte Skorpione in den Augen und rief sie zu sich, wann immer sie ihrer bedurfte. Phephelaphi war ihrer Ansicht nach nur ein junges Mädchen, das unschwer eine andere Liebe finden würde, ohne dass sie dazu die Sidojiwe E2 verlassen müsste.

Und überhaupt, die Sache war von Fumbatha ausgegangen. Er war in Deliwes Tür getreten, hatte die Abschied nehmende Sonne verstellt und war dort stehen geblieben, bis sie die Arme um ihn geschlungen hatte. Er hatte um einen Schluck zu trinken gebeten, gerade so viel, wie sie auf dem Nagel ihres kleinsten Fingers tragen könnte, und egal was, hatte er gesagt. Da hatte sie die Hand in den süßesten Saft getaucht und ihm den angeboten. Noch in derselben Nacht hatte sie erfahren, in welchem Jahr sein Vater gestorben und er geboren worden war. Es war ganz einfach gewesen.

Deliwe vergaß zu erzählen, dass sie schleunigst die Tür ins Schloss geworfen hatte, als Fumbathas Fuß die Schwelle überschritt, vergaß auch, dass sie zwischen seinen Worten immer ihre Ellbogen gehoben hatte, als hätte sie eine Last hochzustemmen. Ihre Finger hatten aber den dicksten Knoten gesucht, den sie finden konnten, ihn gelöst und ihr rotes Kopftuch herabgezogen. Sie hatte sich gegen die geschlossene Tür gelehnt und sie zugehalten, als ob die Tür einen eigenen Willen besäße, weit aufschwingen und ihn auffordern würde, seine Meinung zu ändern.

Deliwe hatte gewartet, die Arme vor der Brust verschränkt, die Hände auf den Schultern, ein roter Schal hing ihr wie ein langes Seidentau von der linken Schulter bis zu den Füßen. Sie schlüpfte mit einem Fuß, dem linken, aus dem Schuh, setzte den Fuß achtlos darauf, drückte das schwarze Leder platt. Als Fumbatha sich hinkniete, hatte er die weiche Beuge an der Innenseite ihres Fußes gesehen und gehört, wie sie leise ein Lied anstimmte, das davon handelte, was für ein Tanz der Foxtrott sei, denn in der Stanley Dance Hall in Makokoba war es in aller Munde. Und weil sie gerade bei dem Thema war, was für ein Tanz war eigentlich der Two-by-Two und wusste jemand, ob er wirklich beglückender war als ein Regen, und falls das jemand wusste, musste er auch sagen, ob eine Taube ihre Jungen im Mondschein ausbrüten könnte. Deliwe rutschte an der Tür hinunter und ließ den Schal auf den Boden fallen. Sie bestand darauf, dass er die ganze Nacht dort liegen blieb und ihre vier Kerzen die Dunkelheit zerschmolzen. Als Fumbatha sie so sah, mit bloßem Kopf und offenem Haar, wusste er, dass die Skorpione aus ihren Augen gewichen waren. Er fing sie auf wie spritzende Wassertropfen, als könnte Deliwe beginnen sich in nichts aufzulösen, bevor er eine Entscheidung getroffen hatte oder ihm genügend Zeit blieb, sich an das letzte wahre Wort aus ihrem Munde zu erinnern.

Als sie fortging, ließ Deliwe Phephelaphis Tür sperrangelweit offen stehen. So, wie es der Polizist bei ihr zu Hause getan hatte. Deliwe fiel nicht auf, dass ein Licht in Phephelaphis Augen aufflackerte, als sie das Zimmer betrat, und es in dem Augenblick erstarb, als sie es wieder verließ.

Phephelaphi ließ die Tür offen stehen. Fumbatha könnte sie schließen, wenn er zurückkäme. Wo immer er sich gerade aufhielt. Vielleicht wartete er auf Deliwe, in ihrem Haus am Ende der Sidojiwe E2. Phephelaphi erhob sich von der Bettkante, nur um eines zu tun: alle Taschen der abgetragenen Lederjacke Fumbathas zu durchsuchen, um darin, falls Deliwe die Wahrheit sagte, die selbst geschnitzte Bambusflöte zu finden, die Deliwe ihm, wie sie behauptete, geschenkt hatte. Ein Andenken, das Fumbatha angenommen hatte. Sie suchte mit der behenden Ungezwungenheit, die ihr an jenem ersten Nachmittag, als sie ihr wie ein Hund zu ihrem Haus gefolgt war, an Deliwe aufgefallen war. Das war der Beweis, der ihr noch fehlte, und wenn sie die Flöte nicht fand, war alles andere nicht wahr. Sie könnte sich beruhigen, sich wieder auf das Bett legen, ein gleichförmiger Rhythmus würde sich ergeben, in dem es ihr möglich wäre zu überleben. Alles würde zum Stillstand kommen wie die Lokomotiven, ihr würde es gut gehen, ihr Atem wäre regelmäßig und kräftig. Sie fand die Flöte schnell und ohne jede Mühe, eine winzige Flöte, hielt sie mit zitternden Händen an die Lippen, als ein einziger heller Ton erklang. Sie setzte sie an die Lippen, war aber nicht imstande, den Lippenbewegungen entsprechend zu atmen, und so legte sie die Flöte neben sich auf das Bett, weil ihr mit einem Mal alles zur Last fiel. Sie ließ sich auf das Bett zurückfallen und vergrub den Kopf darin.

Wo war er? Er hatte die Milchflasche geöffnet stehen gelassen, die Fliegen umsummten sie. Die Zeitung hatte er auf den Fußboden geworfen, die Seiten durcheinander. Sein Gürtel lag drüben über der Bank, die Metallschnalle berührte den Boden. Ob sie jemals und wenn, dann war die Frage, wann, zum Besen greifen und die Spinnweben wegfegen würde, die sich unter der Bank ausgebreitet hatten? Er hatte sie mit leeren Händen hier allein gelassen, und Deliwe war in das Zimmer getreten, als wäre sie schon einmal dort gewesen und wüsste genau, wo Phephelaphi saß und welche Worte sie zu sagen hatte, bevor mit sie klappernden Absätzen kehrtmachte, ohne die Tür hinter sich zu schließen.

Als er zurückkam, sah Fumbatha, dass sie die Flöte in der Hand hielt. Phephelaphi fragte ihn, warum die Flöte, warum Deliwe, warum das Geheimnis um seinen Vater.

»Hast du unser Kind umgebracht?«, fragte er zurück. Die höhnisch hochgezogenen Augenbrauen sagten ihr ohne Worte, dass es nichts Wichtigeres mehr gab. Warum verschwendete sie das letzte Licht des Tages an etwas, das weit unwichtiger war als ihr Verrat?

»Nicht Deliwe. Warst du mit Deliwe zusammen? Sie hat mir seltsame Dinge erzählt. Was sagst du dazu, Fumbatha?«

Ihre Stimme wurde matter. Sie flehte. Er bemerkte es, machte sich aber keine Gedanken mehr darüber. Stattdessen barst eine Wolke auf, und mit einem Mal hatte er zwei Köpfe. Er ging zu ihr hinüber, kam mit seinem zerfurchten Gesicht näher an das ihre. Er blickte sie an, als wären sie einander gerade erst begegnet. Er erkannte sie nicht. Sie sah ihm unverwandt in die Augen, wollte ihn zu den Ursprüngen zurückführen, an den Umguza River, an dessen Ufer sie gesehen hatten, wie die Sonne dem Flussbett entstieg. Die

Erinnerung daran bewahrte sie in ihren Augen, sich gegen das verkniffene Gesicht verteidigend, das sie nicht kannte und das ihr einen wütenden Sturm ankündigte. Er nahm die Flöte vom Bett, schleuderte sie durch das Zimmer. Mit einem grausamen Ton, der zerbrechenden Knochen ähnelte, schlug sie gegen die Wand, fiel, in zwei Stücke zerbrochen, zu Boden. Sie musste an den Stein denken, der durch das Fenster geflogen war, und an die Angst und Einsamkeit, die sie dabei empfunden hatte. Das Zerbrechen und Zersplittern flößten ihr nun aber weit mehr Furcht ein, weil er sie beide damit vernichtet hatte. Ein starres Knacken, das nur Tod in sich barg. Es war still im Zimmer, bis auf seine wartenden Arme. Er drehte sich wieder zu ihr um. Sie vernahm jedes Wort.

»Du bist ein Nichts. Ich habe jetzt begriffen, dass ein junges Ding wie du gefährlich sein kann. Wie hast du es gemacht? Bist du zu der Freundin deiner Mutter gegangen, zu Zandile, bei der du gewohnt hast, als ich dich kennen lernte? Die damals einen Unglückstopf mit Speiseöl erhitzt und über die erste Frau ihres Mannes ausgegossen hat, bis ihr die Haut platzte und sich wie ein Laken abziehen ließ? Zu der? Die ihrem Mann mit einem Topf heißen Wassers den Arm von oben bis unten verbrüht hat, eben wegen seiner ersten Frau? Ich kenne Zandile, glaubst du etwa, ich wüsste nicht über sie Bescheid und dass Boyidi nur bei ihr bleibt, weil er um sein Leben fürchtet? Ich weiß auch alles über deine Mutter. Über Gertrude. Ihr Liebhaber hat sie umgebracht, ein weißer Polizist. Der hat sie erschossen, weil sie an ihrer Tür mit einem anderen Mann sprach, als er nach Mitternacht bei ihr vorbeikam. Der weiße Polizist, der sie für dich beerdigt hat, weil er wusste, was passiert war, er war ja dabei gewesen. Vielleicht hat sie auch sein Kind getötet, selbst wenn ich nicht glaube, dass ihm das viel ausgemacht hätte. Immerhin hat es ihm etwas ausgemacht, dass sie sich mit einem anderen traf. War es nicht so? Er hat sie ohne viel Federlesens erschossen und begraben. Ich habe dir das Leben gerettet. Zandile hätte dich umgebracht, weil sie alles vernichtet, was Boyidi gefällt. Sie hätte dich umgebracht, mit Sicherheit. Hast du etwa geglaubt, sie hätte dich am Leben gelassen? Jetzt hast du mein Kind getötet, ohne es mir zu sagen. Wo hast du mein Kind vergraben?«

Phephelaphi lag still, mit klappernden Zähnen, jedes Wort, das er sprach, durchbohrte sie wie ein Speer. Er zerschmetterte sie bis ins Mark, und sie wurde ein Nichts, war weniger noch, als sie jemals für möglich gehalten hätte. Nie wieder würde sie zu einem Stern hinaufsehen oder spazieren gehen oder die Arme heben können, um Spinnweben aus ihrem Weg zu räumen, nichts, was das Bewegen von Armen oder Füßen erforderte, würde ihr je wieder möglich sein. Ihre Beine fühlten sich schwerelos an, hohler noch als Bambus, gewichtslos, und sie trieb dahin wie eine einsame Feder, ausgesetzt zwischen jedes seiner schneidenden Worte. Sie erstarb wie der Funken einer Flamme. Ihre Augen wurden blind und schmerzten. Nicht von Tränen, sondern vom Hämmern in ihrem Kopf, vor Verzweiflung. Sie schmeckte Metall oder Glas oder etwas Ähnliches, das unaufhörlich um ihre Zunge glitt, in sie hinein und durch sie hindurch, winzige, rauhe Splitter, die ihr die Zunge zerschnitten. Sie war wie gelähmt, denn wenn sie sich aufraffen würde, um zu sehen, was er sagte, dann würde der Rest ihres wahren Ichs, der vielleicht noch existierte, auch verschwinden, und überhaupt drang ein Geräusch auf sie ein, das sich anhörte wie ein umstürzender Baum, doch war sie zu schwach, ihren Körper vor den auf sie niederfallenden Ästen in Sicherheit zu bringen, die ihr das Gesicht zerrissen, sie mit Blindheit schlugen. Sie wurde entwurzelt, und wo würde sie wieder Boden unter die Füße bekommen? In den Tiefen dieses Traumes war sie nicht mehr am Leben, Fumbatha nicht vorhanden, stand nicht mehr vor ihr, nur seine Stimme verfolgte sie, beschuldigte sie und nahm Boyidis Hände und legte sie ihr überall auf den Körper. Boyidi machte das nichts aus. Er war ein Mann, der das Mondlicht liebte und alles, was darunter lag, Glühwürmchen, krabbelnde Insekten, eine Frau, gefangen in einem einzigen Band aus Licht. Phephelaphi blieb starr und stumm, Fumbatha trat zur Seite, während Boyidi alles mit ihr tat, was er nur wollte. Sie wehrte sich nicht. Zandile tat so, als kümmerte sie das nicht, und doch beherrschte sie der Gedanke, sie mit der erstbesten heißen Flüssigkeit, die ihr in die Hände käme, zu vernichten. Der Gedanke daran, das war alles. Sie konnte daran nur denken. Zandile würde sie nie umbringen, weil sie ihre leibliche Mutter war, und das war ihr bewusst. Sie hatte sie Gertrude übergeben, damit die sich um sie kümmerte. Zandile konnte nicht ihr eigenes Kind töten, bei dessen Geburt sie fast gestorben war, weil das Kind sich geweigert hatte, von sich aus auf die Welt zu kommen. Der Arzt hatte zum Messer greifen, Zandile am Unterleib aufschlitzen und das Kind herausziehen müssen. Zandile wollte weder das Kind, das sich weigerte, geboren zu werden, noch die deutlich hervortretende Narbe, die unter ihrem Nabel verlief und bei jeder Begegnung mit einem Mann die Stimmung verdarb. Ein Kind war damals etwas Schreckliches, wenn eine Frau keinen Mann vorweisen und die Last mit ihm gemeinsam tragen konnte. Das Kind zu behalten war ihr unmöglich. Die Stadt lockte, und sie hatte gerade erst an ihre großen, wartenden Tore geklopft, entschlossen, ihre schillernden Seiten zu entdecken, die Farben und das Licht, vor allem aber, wenn irgend möglich, einen Mann, den sie den ihren nennen konnte. Sie brauchte Ungebundenheit. Das war es, was die große Stadt versprach, nicht die Mühen einer Mutter. Die waren ein Irrweg, und so wollte sie die Angelegenheit auch behandeln. Als Belästigung. Statt das Kind in den Straßengraben zu werfen und einfach davonzugehen, wie sie es beabsichtigt hatte und auch ausgeführt hätte, nahm Gertrude, ihre beste Freundin seit dem Augenblick, als ihrer beider Absätze 1920 zum ersten Mal auf schwarzen Teer gestoßen waren, den einen Tag alten Säugling aus ihren Armen und zog ihn von da an auf, als wäre er ihr eigenes Kind. Das Kind preiszugeben war Zandile leicht gefallen. Sie hatte zwar die Schwangerschaft ausgetragen, doch das zusammengenähte Fleisch entsprach nicht der Geburt, die sich gewünscht und vorgestellt hatte. Wenn Gertrude das Kind unbedingt haben wollte, sollte sie es nehmen. Schade nur, dass sie nicht auch die Wundnaht übernehmen konnte. Gertrude ging durch schwierige Zeiten, wollte ihr vielleicht aber etwas beweisen. Brauchte einen Kampf zwischen sich und Zandile, weil sie gefangen war zwischen der großen Stadt und ihrem kalten, erstickenden Blick. Sie nutzte, so gut sie nur konnte, jeden neuen Tag, jede neu aufgefundene Möglichkeit. Zandile und Phephelaphi waren vom gleichen Fleisch und Blut. Wenn also Phephelaphi mit Boyidi schlief, dann schlief sie mit dem Mann, mit dem auch ihre leibliche Mutter schlief. Es war zu spät, Boyidi zu sagen, dass er mit der Tochter seiner Frau schlief. Sie schritten weiter durch ihr Leben, und das Geheimnis schimmerte unter jeder geschlossenen Hand hindurch, unter jeder Berührung, jedem Wort. Als Boyidi Zandile kennenlernte, war das Kind erwachsen und gehörte Gertrude. Zandile meinte, es sei nicht nötig, ihm davon zu erzählen, und fand eine andere Erklärung für ihre Narbe.

Phephelaphi spürte, wie sich eine warme, tröstliche Flüssigkeit zwischen ihren Schenkeln ausbreitete. Sie wusste, sie hatte das Bett genässt. Sie konnte das Wasser wie aus einem Wasserhahn auf den Fußboden tropfen hören. Sie unternahm nichts und blieb still, wartete, dass Fumbathas

Worte ihr nicht mehr in den Ohren klingen würden, denn noch lange nachdem er sie ausgesprochen hatte, hallten sie wie ein Echo, und es war ihr vollkommen gleichgültig zu erfahren, wie viel er wusste und seit wann. Rührte sein Wissen aus der Zeit, bevor er sie aus dem Fluss gezogen hatte, oder hatte er erst später davon erfahren?

ZWANZIG

Er ging fort.

Das ertrug ich vor allem nicht, weil ich wieder schwanger war und nicht begriff, wie er mir das antun konnte, wo er mich doch nicht mehr liebte und wusste, was er zu wissen behauptete. Jetzt konnte ich erst recht vergessen, im Juni an der Schwesternschule anzufangen, denn mit dem Kind, das in mir wuchs, würden sie mich nicht nehmen, und ich werde es nicht noch einmal tun. Ich werde es NICHT tun. Deshalb kann ich die Ausbildung zur Krankenschwester vergessen. Und was wird jetzt aus mir, wenn nicht ein Nichts? Er hatte mich schon, lange bevor ich es merkte, verlassen, und was noch bei mir zurückgeblieben war, holte er sich nach und nach. Mein Wesen. Mein Frausein, das sich auflöst. Mein Selbst, das so voller Sorgen ist. Wie schlimm es auch immer kommen mag, ich werde es NICHT tun. Mit diesem Kind, das er mir aufgedrängt hat, hat er mein Rückgrat gebrochen. Ich bin nichts. Mich gibt es nicht. Hier ist ein Ort, an den du gehören kannst. Ich gehöre nicht mehr hierher. Mich gibt es nicht. Und wenn ich ihm dieses Kind schenke und es heranwachsen lasse, kommt er dann zurück? Verlässt er dann Deliwe und ihr wundersames Lied? Geht er aus ihrem Lied und ein in meines? Nichts gehört mir. Ich werde es NICHT tun. Ich bin unendlich tief gefallen, und nun sieht es so aus, als hätte das ein Ende. Als hörte es auf. Der Sturz. Ein plötzlicher Halt, der mir den Atem raubt. Ich habe aufgehört, mich zu bewegen. Stolpern und hinfallen ist aber besser als Bewegungslosigkeit. Ein Mangel, der bedeutet, dass ich überhaupt nichts in Händen halte. Das Wasser ist verdunstet. Kein Wasser mehr im Fluss. Eine Frau, die allein ist, steht auf festem Grund, im Bett eines ausgetrockneten Flusses. Mein fester Boden, ein Rückhalt gegen die Stimme, die nicht mehr in meinen Armen liegt und nicht mehr meinen Namen flüstert.

Heute hebe ich meinen Arm und lausche dem Schweigen in meinen Knochen. Ich höre etwas Schönes. Ich sehe, wie ich in einem Sturm umkomme. Ein Sturm trägt erstaunliche Klänge in sich, wunderschöne, wie Eierschalen, die zwischen den Händen zerdrückt werden, nur lauter. Irgendwie gewisser. In einem Sturm sind laute Klänge zu Hause und leise. Die leisen Klänge sind flüchtig, verhallen wie das Leben und wecken den Wunsch in mir, in einem Sturm zu sterben, inmitten seiner leisen, lockenden Klänge, ein Laken, nur aus Blütenblättern gefertigt.

Ein Wind braut sich zusammen, wenn der Regen kommt. Ich kann hören, wie der Wind eilends durch die niederprasselnden Regentropfen fährt. Das ist ein schönes Geräusch. Der Regen trifft auf etwas Festes, eine Wand aus Luft, die den Regen gegen eine Mauer wirft: Das Wasser ist nicht stärker als die Luft. Hast du noch nie Blütenblätter gesehen, die während eines Sturms vom Baum gefallen sind? Der Baum steht kahl da, aber über den Boden ist eine wunderschöne Decke gebreitet. Ich möchte gern unter den Blütenblättern liegen. Das ist eine gute Art zu sterben, der Boden ist weich und nicht hart und trocken wie ein Stein.

Regen geht hier nur kurz nieder, aber wenn, dann kannst du hoch in den Himmel schauen, und du siehst, wie sich Wolken zusammenballen. Die Dunkelheit der Wolken wirkt so weich, wie du es dir nur irgend vorstellen kannst. Blitze haben einen wunderbaren Klang; im Blitz sterben heißt, zu einem wunderbaren Licht zu werden, wunderbarer noch als die Sterne. Im Himmel öffnet sich etwas, etwas Wunderbares, das wahrgenommen werden will.

Ein Sturm hebt mit einem starken Wind an, und darin liegt auch der Ursprung der Blitze. Der Wind fegt die feinkörnige Erde vom Boden und höhlt die Erde für mehr aus – der Klang entsteht in winzigen Körnern, die mit der Luft verschmelzen. Der Sand fließt. Der Klang fließt. Er steigt hoch in die Lüfte und lässt den Boden ohne Blätter zurück. Ein Sturm kündigt sich mit einer Flut aus Körnern an, die sich in den Himmel ergießen: Splitter aus Zeit.

Manchmal klatschen dicke Regentropfen vom Himmel auf den weichen Boden. Wenn der erste Regen fällt, erhebt sich der Staub vom Boden, und ich kann ihn riechen und möchte mich fallen lassen. Ich möchte auf der Erde liegen. Ich möchte den Regen auf der Zunge spüren. Nur die feinste Erde kann sich wie ein Duft erheben, winzige Wolken emporwirbeln, die dir um die Knie spielen. Der Regen fällt in dicken Tropfen nieder. Alles ist still. Solch ein Regen hört plötzlich auf, und das Gewicht seiner Tropfen kannst du in der unerwarteten Stille spüren. Wenn ich auf den Boden schaue, entdecke ich, dass zahllose kleine Löcher in die Erde gegraben sind.

Die strahlende Sonne. Der Regen. Sonne und Regen zusammen. Der Geruch der göttlichen Erde.

EINUNDZWANZIG

Schmerz kommt über dich als etwas Gegenständliches. Seine Gestalt drängt sich dir auf, und du kannst ihn anfassen wie einen Baumstamm.

Rasch öffnet sich die Tür. Es kommt ein Augenblick, da wünschst du dir, du könntest dich zurückziehen, weil die Zeit davor in ihrem Nichtwissen, ihrer nicht vorhandenen Tragik der Gegenwart vorzuziehen ist und tröstlich war und gut. Und was gut ist, erscheint dir beruhigend, damit könnte, so möchtest du glauben, die Zeit davor wie eine zerrissene Membrane geflickt werden.

Phephelaphi sucht eine Zuflucht.

Sie ist schwerelos, verzehrt sich wie eine Flamme, in einer Flamme. Die Flammen umzüngeln die menschliche Gestalt, Arme, Knie, die zu ihr gehören, zu einer Frau, die ihren Schmerz umklammert wie ein zerfetztes Laken. Ein verführerischer Akt des Grauens. Eingefangen in Wärme und Licht, in einem Meer herrlicher, unstillbarer Flammen, starr, nur die Haut schält sich von ihr ab wie Rinde, während das Feuer ihren Körper immer enger umschlingt, und ihr Haar ein beißender Geruch, und das Kind, gefangen in dieser Unbarmherzigkeit, in dem geschwellten Leib.

Diese Seite. Jene Seite. Fumbatha hätte auf dieser Seite bleiben sollen. Dass er jenseits der Tür steht, löst das Grauen aus. Fumbatha stößt die Tür nach innen auf, sie schlägt gegen das eiserne Bettgestell, arglos folgt er der Tür in den Raum, pfeift ein Lied, das er unter den Straßenlaternen aufgeschnappt hat. Eines der Lieder, die einem anhängen, die gedankenlos immer wiederholt werden. Nichts Gefundenes oder Verlorenes. Ein so dahinplätscherndes Lied.

Der Gestank nach Urin, der in den Hecken lastet. Ein toter Hund, der nicht vergraben wurde. Tagelang haftet der Gestank, und jeder sagt mit gedämpfter Stimme, dass ein Hund verendet ist. Jetzt der Geruch nach Paraffin. Kein Grund zur Panik oder für den Gedanken an das brennende Fleisch eines Menschen. Fumbatha stürzt auf die Tür zu, auf die Flammen, auf Phephelaphi. Das Feuer weht über ihren Körper. Das hört er sofort. Das Prasseln verschlingt ihn. Schnell, erstaunt, furchtlos.

Ihr Körper ist von einer weichen Flüssigkeit durchtränkt. Sie wartet. Auf Trost. Auf eine Gelegenheit so willig wie Weisheit. Auf die Zeit. Dass sie Erlösung reifen lässt. Ihr ganzer Körper völlig kraftlos, spannungslos. Sie wartet. Bereit, geschändet zu werden. Befreit zu werden. Sie wünscht die Hingabe, einen Tod, so zärtlich wie eine Geburt. Eine Geburt, so gewiss wie die Liebe.

Faulige Dunkelheit und eine Erinnerung an Folter. Auf einer Seite des Zimmers lodert Feuer. Prasselnd, bedrängend und mühelos. Licht, so glatt wie ein Regenbogen, verbirgt sie. Noch lebt sie. Weiß, dass er mit ihr in diesem Zimmer ist. Ihr Körper eine suchende Flamme: Nichts kann dem Mut Kraft verleihen außer dem Verlangen.

Nacht vergeht in Hingabe. Warme Luft fließt von ihrem Körper auf seine Lippen, sein Atem langsam, seine Arme warm. Funkelndes Licht von ihrem Leib. Kein winselndes Ächzen oder Seufzen. Kein Widerstand gegen das Leiden. Der Schmerz kann nur noch heilen.

Ein Spektrum aus Licht, sauber gebrochen, leicht wie ein Raunen.

Bewegungslose Todesqual. Ihr Körper, der in einem Meer aus brennbarer Flüssigkeit verdampft.

Wie eine Feder schwebt das Feuer über sie hin, glatt wie Öl. Sie besitzt Flügel. Sie kann fliegen. Sie zieht ihre Arme an sich, sieht sie brennen und streckt sie über den Kopf, mühelos, schwenkt sie und dreht sie und hebt sie hoch wie ein brennendes Seil. Sie ist ein Vogel mit ausgebreiteten Schwingen. Sie sinkt in einen wunderbaren Klang hinein, eine Melodie, die schwerelos aufsteigt, ein blaues Licht, ein gelbes Licht, der Geruch brennender Haut.

Schwindend: das Geräusch ihres Atems, der von den Flammen verschlungen wird, Haut, die dünn wie ein Versprechen von ihr gleitet, ihr Körper, der sich hochzieht und nach unten, begraben in dem leichtesten Wasser, das es geben kann, nicht ertrinkend, nur eine Weile den Atem anhaltend, damit sie hören kann, wie die Tür gegen die Seite des Bettes schlägt, schnelle, eilige Schritte, damit sie sehen kann, wie Fumbatha hereinstürzt und noch einmal auf sie zu, zu ihr, ohne dass ein Wort fällt. Ohne Zorn, ohne Abschied. Das seidige Licht bestimmt den Abstand zwischen ihnen beiden.

Bevor ihre Stimme zu Asche wird, kann sie das eine Wahre flüstern, das ihm immer im Gedächtnis haften bleiben wird. Sie ist sich nicht sicher, ob er hinter dem Feuerschein ihr zerbrechliches Flüstern hören kann, die einzige Wahrheit über ihr unbeerdigtes Kind, das Kind in ihrem Bauch, frei und schwerelos wie sie selbst, jetzt, in Sicherheit, jetzt. Eine Berührung, ihre eigene wirkliche Berührung; ihren eigenen Körper lieben zu können, jetzt, nachdem er ihn geliebt und verlassen hat, ihre eigenen Augenbrauen und ihre eigenen Knie, endlich kann sie es, umarmt jeden Teil ihres Körpers mit Feuer, inniglich und bewusst.

Die standhafte Flamme einer Frau, auch wenn der Boden unter ihr nachgibt, fortgleitet. Sie stirbt in ihrem eigenen Sturm und hört, wie der Wind ihre Knie umtost und die reinste Flut, die jeden schwellenden Schmerz bedroht, jeden Hang und jede Böschung, und sie befindet sich unter dieser Flut und hält den Atem an und weiß, dass sie sich irgendwann und irgendwie zu ihrem eigenen Lied erheben wird.

Alles, was sie dafür tun muss, ist, nicht länger den Atem anzuhalten, ihn strömen zu lassen, auch wenn sie in einer Flut treibt und im flüssigsten Wind begraben ist und mit Sicherheit ertrinken wird. Und sie tut es, erlöst ihren Atem, den sie lange unterdrückt hat, einen Knoten in ihrer Brust. Und während sie ihren Atem entlässt, fühlt sie nur, wie ihre Schwingen sich zusammenlegen. Ein Vogel, der landet und die Flügel schließt.

In Stücke zerfallen ist leicht, leichter, als sie sich vorgestellt hat. Viel, viel leichter, als einen Mann in den Armen zu halten. Sie ist so leicht gestorben wie Gertrude, bereitwilliger, als sie es je sein konnte.

Sie hatte zwei ganze Tage innegehalten, wartend. Hatte zugesehen, wie der Arm langsam vom Türrahmen herabsank. Fand Emelda. Hörte, wie Zandile einen weichen, gedämpften Schrei in das Mondlicht warf. Lachte über Gertrude, die so töricht gewesen war, einem Mann zu trauen, der an ihre Tür klopfte.

Um Mitternacht.

Die Deutsche Bibliothek – CIP-Einheitsaufnahme
Ein Titeldatensatz für diese Publikation ist bei
Der Deutschen Bibliothek erhältlich

Englischer Originaltitel: »Butterfly Burning«

www.frederking-und-thaler.de

MARINO bei Frederking & Thaler
herausgegeben von Ilija Trojanow

Übersetzung aus dem Englischen: Thomas Brückner, Lindenthal
Lektorat: Gudrun Honke, Bochum
Herstellung und Satz: Büro Caroline Sieveking, München
Umschlaggestaltung: Petra Dorkenwald, München
Umschlagfoto: Paige De Ponte, Hawaii
Druck und Bindung: GGP Media, Pößneck

Printed in Germany

ISBN 3-89405-818-8

Umwelthinweis: Das Papier wurde aus chlorfrei gebleichtem Zellstoff hergestellt und enthält keine Aufheller. Die Einschweißfolie – zum Schutz vor Verschmutzung – ist aus umweltfreundlicher und recyclingfähiger PE-Folie.